L'ATTRAPE-SOUCI

Catherine Faye, journaliste indépendante, a passé son enfance à l'étranger, notamment en Argentine. Dans ses récits, ce sont les parcours atypiques, les histoires de vies, le voyage, qui la guident. *L'Attrape-souci* est son premier roman.

CATHERINE FAYE

L'Attrape-souci

MAZARINE

Citations p. 9 :
Erri De Luca, *Trois chevaux*, traduction Danièle Valin
© Éditions Gallimard, 2001, pour la traduction française.
Andrée Chédid, « Pour renaître », *Fraternité de la parole*
© Flammarion, 1976.

© Mazarine/Librairie Arthème Fayard.
Publié avec l'accord de l'Agence littéraire Astier-Pécher.
ISBN : 978-2-253-10027-0 – 1re publication LGF

À Gabriel
À Mamita

> *« Je me détache de ce que je suis
> quand j'apprends à traiter la même vie
> d'une autre façon. »*

Erri DE LUCA, *Trois chevaux*

> *« Ils meurent nos vieux soleils
> Ils meurent pour mieux renaître. »*

Andrée CHEDID, *« Pour renaître »*

1

Je l'ai perdue comme ça. C'était l'après-midi. Nous avions déjeuné dans un bistrot à étages de Palermo, en sortant, il avait encore fallu faire les magasins. Depuis notre arrivée à Buenos Aires, nous n'arrêtions pas de marcher et d'entrer dans des boutiques. Je ne comprenais pas grand-chose à ce que nous étions en train de faire, on était partis de Paris, comme ça, très vite et très loin, en plein mois de décembre, des vacances ou alors une autre vie. Elle avait décidé de m'emmener dans la ville de son enfance, une enfance de rêve, c'est ce qu'elle me répétait. C'était juste après l'attentat des tours jumelles. 2001, une drôle d'année.

Je me souviens de ses sandales à talons compensés, elle se tordait les chevilles sur les trottoirs cabossés, me tirait par la main, on manquait de tomber tous les deux. Je les vois encore, ses sandales, parce qu'à chaque fois qu'elle les mettait elle me demandait si elles lui allaient, en se tournant dans tous les sens devant le miroir. Elles avaient une bride rouge, fine, on aurait dit un bracelet autour de ses pieds. J'aimais m'amuser avec, faire et défaire la boucle quand elle dormait et que je m'ennuyais. Elle aimait mettre des talons, ma mère, même si elle était grande. Elle disait que l'élégance, c'est de donner l'impression qu'on va s'envoler. Et moi, j'avais peur.

J'avais onze ans, elle trente. Ou quarante. À onze ans, trente ou quarante ans, c'est un peu la même chose. Et puis, avec le temps, j'ai oublié.

Il devait être cinq heures, l'air était doux, l'ombre violette des jacarandas recouvrait la rue et les caniveaux, elle était entrée dans une librairie. Des passages étroits s'enfonçaient entre les présentoirs en désordre et les étagères penchées, débordantes de livres. Un vrai château de cartes. Dans un coin, un étalage de petites boîtes ovales bizarres, jaunes et recouvertes de signes – des croix, des flèches, des yeux –, j'étais fasciné. Ma mère s'était approchée. Elle m'expliquait qu'à l'intérieur il y avait des poupées minuscules, indiennes. D'Amérique du Sud, pas des États-Unis, ni des Indes, c'est ce qu'elle m'avait dit.

— Donc, vois-tu, quand tu as un souci, n'importe lequel...

Elle avait laissé un blanc.

— ... tu glisses une des petites poupées sous ton oreiller, tu le lui confies et le lendemain matin, quand tu te réveilles, plus de souci, il s'est envolé.

— Il y en a beaucoup, des poupées, dedans ?

— Sept, des petits messieurs pour les soucis au

masculin et des petites dames pour les soucis au féminin.

En détournant la tête, elle avait ajouté :

— Et un petit enfant aussi, pour le souci… qui n'en est pas vraiment un.

— Je peux en avoir un d'attrape-souci ?

— Lucien ! Exprime-toi correctement ! Tu dois dire : Pourrais-je en avoir un, s'il te plaît, maman ?

Elle me reprenait tout le temps. Il fallait que je parle comme il faut, surtout devant les autres.

— Fais attention quand même ! Et tiens-toi droit.

Puis, après s'être éloignée avec son grand sac mou en toile verte plaqué sous le bras, elle s'était mise à regarder des livres empilés près de l'entrée. Elle n'arrivait pas à en lire les titres, même un peu de biais, alors, elle essayait de déchiffrer les mots à l'envers. Toujours dans des positions improbables, ma mère.

Elle voulait un roman qui se passe au bout du monde, c'est ce qu'elle expliquait maintenant à la vendeuse au chignon plat, dans cette langue qu'elle parlait couramment, l'argentin. J'aimais l'entendre faire danser ses phrases, avec tous ces mots qu'elle m'avait appris à Paris les soirs où elle était de bonne humeur. Il avait fallu que j'apprenne vite parce qu'elle avait décidé qu'entre nous on parlerait cette langue. Un point c'est tout. Je m'en sortais plutôt bien. Avec un vocabulaire d'enfant, mais ça allait.

Ça faisait des jours que ma mère cherchait ce livre du bout du monde, un livre contre les insomnies.

— Oui, mais, quel bout du monde, madame ? Précisez votre pensée, avait soupiré la libraire, les yeux occupés ailleurs.

Sur la poche de sa veste, on pouvait lire Mirta Lopez. Son nom. Dix lettres brodées à la main avec du fil vert, dix petites lettres et un nom que je n'étais pas près d'oublier.

— Le bout du monde, je ne sais pas, moi, le bout de l'Argentine, ou de l'Inde, ou alors celui de l'Afrique, peu importe…

Elle avait marqué un arrêt avant de finir sa phrase. Sa voix était devenue métallique. Une voix d'automate.

— … pourvu qu'après il n'y ait plus rien.

Ça la rendait nerveuse, les gens qui ne comprenaient pas au quart de tour.

— Je sors regarder ce que vous avez dans votre vitrine. Si tu veux un attrape-souci, Lu, dépêche-toi de le choisir, nous n'avons pas que cela à faire.

Je détestais qu'elle m'appelle Lu devant les autres. J'avais l'impression qu'ils entraient dans notre vie, qu'ils voyaient à l'intérieur de moi. Lu, c'était rien que pour nous. Lucien, c'était pour les autres.

Les petites boîtes se ressemblaient toutes, je n'arrivais pas à me décider, je les trouvais mal taillées, trop plates, pas assez colorées, j'en aurais voulu une qui soit parfaite. Je les dévorais des yeux, sans oser les toucher, encore moins les ouvrir pour voir dedans. D'un coup, j'ai su laquelle j'allais prendre, j'ai souri, je me suis retourné pour faire signe à ma mère. De là où j'étais, je ne la voyais pas, j'ai tendu la main pour la saisir, mais j'ai eu peur que la libraire ne pense que j'allais la voler, alors, je l'ai reposée, j'ai regardé de tous les côtés et je me suis dirigé vers la sortie, les mains vides. Sauf que, dehors, personne. Elle avait disparu.

2

J'ai attendu. Ma mère avait certainement dû aller dans une autre boutique, excédée. Ça m'apprendrait à être aussi indécis. Décidément, je ne l'aurais pas, cet attrape-souci. C'était de ma faute. Je me suis mis à faire les cent pas sur le trottoir, le long de la vitrine. Par terre, il y avait un paquet de cigarettes écrasé, ça m'a fait penser à Mathilde, ma tante, tellement belle que j'aurais voulu que ce soit elle ma mère, même si elle disait qu'elle n'aurait jamais d'enfants, ces empêcheurs de tourner en rond, et encore moins de mari. Elle fumait tout le temps, pour moi, c'était une star, quand j'étais avec elle, je me sentais moins bête.

La nuit tombait, j'ai commencé à avoir mal au ventre. J'aurais dû terminer ce qu'il y avait dans mon assiette au déjeuner, encore une fois, voilà le résultat. La rue changeait de couleur, j'ai senti une goutte de pluie, les passants se raréfiaient, peut-être qu'un orage allait éclater, avec des grondements et des éclairs. Un orage au-dessus de ma tête avec moi tout seul en dessous. J'attendais et rien ne se passait. Elle ne venait pas.

La libraire a baissé le rideau de fer. Derrière, la porte a claqué. Tous les magasins fermaient. Je me suis mis à trembler au milieu des rafales de vent et de l'obscurité.

Qu'est-ce qu'elle pouvait bien faire, ma mère, pendant que moi je l'attendais ? Elle était peut-être dans une cabine d'essayage. Ou alors, elle avait dû décider de rentrer chez nous, le chez-nous d'ici, très en colère, parce que j'avais traîné et que je ne l'avais pas suivie. C'était ça, elle avait certainement voulu me donner une leçon. J'ai donc décidé de la rejoindre, je lui demanderais pardon.

Mais l'angoisse est montée. Je n'aurais peut-être pas dû m'éloigner de la librairie. J'avançais en longeant les murs et les vitrines comme elle me l'avait appris, surtout dans cette ville, où les voitures sont folles, montent sur les trottoirs, s'en fichent de renverser un garçon comme toi. Rentrer. Je la retrouverais là-bas, dans le petit appartement qu'on avait loué au dernier étage d'un grand immeuble. En me concentrant, je retrouverais mon chemin. Me dépêcher surtout. Je sonnerais à la porte, elle ouvrirait et me dirait d'aller me coucher direct, sans un regard, froidement. Tant pis. Je me réveillerais le lendemain matin et tout serait rentré dans l'ordre.

Excepté que je ne reconnaissais rien, cette ville, je ne la connaissais pas et le ciel était tout noir. Noir comme après un incendie.

Du courage, voilà ce qu'il me fallait. Trouver la force. Je devais à tout prix la retrouver, avancer, traverser en faisant attention, changer de quartier, foncer dans les coups de klaxons déchaînés, me boucher les oreilles, essayer de ne pas avoir peur, aller tout droit, retraverser, tourner au coin d'une rue, continuer. Je me perdais, je paniquais. Je marchais sous le crachin, tout seul, dans une grande ville, et tout le monde s'en fichait, les gens avaient autre chose à penser, ne pas perdre leur boulot, ne pas se faire attaquer dans leur voiture par ces pauvres qui crevaient de faim, rentrer chez eux.

3

Tout le monde s'en fichait sauf ce type cassé en trois, derrière moi, les fesses pointées en arrière. Il me suivait depuis un moment, en poussant un chariot plein de journaux pliés, de cartons écrasés. Des gros tas bien ficelés qu'il irait échanger, contre quelques pesos. Il transportait son bazar et, moi, je faisais comme si je ne le voyais pas, parce que je savais qu'il ne fallait pas parler à un inconnu, il y a plein de personnes un peu malades qui peuvent faire beaucoup de mal à un enfant, m'avait averti ma mère.

Il me suivait et moi, bizarrement, je n'avais pas peur. Dans mes poches, je trifouillais de vieux papiers d'emballage de chewing-gums, je commençais même à me calmer. J'ai ralenti, il soufflait, les roues tordues de son chariot couinaient, l'impression d'être dans un rêve, suivi par une sorte d'ange gardien, pas vraiment vrai. Ça n'a pas duré longtemps, j'étais tellement fatigué qu'un flot de larmes s'est mis à couler jusque dans mon nez et mes oreilles. J'avais froid et aussi une terrible envie de faire pipi, je frottais mes genoux l'un contre l'autre, j'essayais de me retenir. D'un coup, il a fallu que je m'arrête, je n'en pouvais plus. Il s'est approché de moi, lentement. Il sentait le vieux et le journal mouillé. Dans sa bouche, des dents noires, des trous.

— *Che*, tu vas où, petit ?

Ça dégoulinait le long de mes jambes, dans mes baskets. Je ne comprenais pas bien ce qu'il disait, il avait une drôle de façon de prononcer les mots, de les avaler à moitié, dans un râle qui venait du fond de la gorge. Il a repris son souffle en essayant de parler plus distinctement.

— T'es pas d'ici, toi... *¿ Inglés ? ¿ Italiano ? ¿ Francés ?*

— Français, j'ai dit en essuyant ma morve.

Il essayait d'être gentil, ça lui donnait un air stupide.

— *¿ Mamá ? ¿ Papá ?*

Il me fixait maintenant. Des yeux de loup.

— Tu viens d'où ?

J'ai haussé les épaules.

— *Yo*, Gastón.

Il tapotait sa poitrine et répétait :

— Moi, Gastón.

Puis, en pointant son majeur vers moi :

— Et toi ?

— Lucien.

— Lu... Luciano ?

Il a hésité, puis, en réajustant ses gants en caoutchouc déchirés sur ses doigts tordus, il a agrippé les poignées de son chariot et s'est remis en route.

— *Vení*, Lucio. Suis-moi.

Lucio, quel drôle de nom… Je l'ai suivi. Son anorak olive pendait sur sa cuisse droite, une veste informe – la doublure avait dû se vider avec le temps.

Autour de nous, ça klaxonnait toujours, mon pantalon collait à ma peau et mes chaussettes sentaient le moisi, peut-être que j'allais mourir. Les immeubles donnaient le vertige. Rien à voir avec le quartier où je vivais à Paris. Là-bas, quand je marchais les yeux levés vers le ciel, j'arrivais à me repérer aux balcons et aux façades. Regarder en l'air, j'aimais ça. J'ai scruté le sol pour me raccrocher à quelque chose, le trottoir brillait après la pluie et faisait des flaques de lumière orange et verte avec les feux de signalisation et les lampadaires.

On est arrivés devant des marches. Gastón a laissé sa cargaison attachée avec une ceinture à un réverbère éteint. Là-haut, on est entrés dans un commissariat. Des policiers assis sur des tabourets en plastique regardaient un match de foot, le poste de télévision était posé sur de grandes cantines bleues. Seulement, ils n'en avaient rien à foutre d'un môme perdu, le nez sale et le pantalon plein de pisse, il y en avait plein la capitale et qu'on dégage, leur maté allait refroidir. Et puis, comme j'avais le teint plutôt foncé, on sentait que ça les énervait, *el negrito*, ils répétaient en faisant la grimace. Ma mère, elle, m'appelait parfois son bout d'Zan. Bout d'Zan, j'aimais. Mais ça n'arrivait presque jamais.

Gastón a craché un gros truc jaune sur le carrelage du commissariat. Il a gueulé :

— *¡ Boludos !*

J'entendais ce mot pour la première fois, ça m'a fait penser à un personnage de bande dessinée, je trouvais ça drôle. *Boludos.* Connards. Un des flics s'est levé et lui a collé une claque.

— *¡ Hijos de puta !* a crié le flic en nous balançant des coups de pied jusqu'à ce qu'on disparaisse de sa vue.

Alors, on a redescendu les marches, sans se presser, on a repris le chariot, les tas de cartons, et on est repartis. Gastón ne s'était même pas défendu, je ne comprenais pas pourquoi.

— Lucio ?

Je continuais d'avancer sans relever la tête.

— Lucio ?

Il insistait.

— Laisse-moi tranquille.

Il s'est étonné.

— Tu parles *castellano* ?

— Bien sûr.

J'étais fier de lui montrer que je savais parler sa langue. Il était épaté. Il répétait :

— *¡ Qué bien ! Pero qué bien…*

À quelques pâtés de maisons de là, dans une rue sombre, il s'est arrêté et m'a tendu les miettes d'un gâteau. Collantes. Elles avaient dû macérer dans une de ses poches. Je les ai picorées du bout de la langue, sans penser à rien. Ensuite, il est entré avec son chargement dans une petite galerie marchande, les boutiques avaient l'air abandonnées – stores à moitié baissés, de travers.

Tout au fond, il s'est accroupi, puis il s'est allongé sur des prospectus et des sacs en plastique. Je l'ai rejoint et j'ai fait comme lui. J'étais mort de fatigue. Je me suis tout de suite endormi, assommé.

Le lendemain, il m'a tapoté l'épaule :

— Lucio ?

Je me suis réveillé d'un coup, effrayé. Je ne comprenais pas ce que je faisais là. Il était très tôt, il n'y avait pas un bruit. À l'entrée de la galerie, la rue était pleine de lumière. Il faisait beau. Ça m'a fait plaisir malgré mon désespoir. Et je me suis souvenu. J'ai voulu me lever, mais la douleur de la veille, à la porte de la librairie, m'a serré de nouveau le ventre. Plus forte encore. Je me suis roulé en boule pour essayer de la faire passer, je haletais, ça me tournait la tête. Gastón a eu un drôle d'air, grave. Il me questionnait. Je gémissais. Au bout d'un long moment, il s'est mis à décharger minutieusement une partie de son magot, qu'il a cachée derrière une porte bancale, puis il m'a soulevé par les aisselles et m'a allongé, tant bien que mal, dans son chariot.

Dehors, partout, le soleil. Mes coudes et ma nuque cognaient contre les barres en fer, ça secouait dans tous les sens, mon ventre était devenu comme un immense point de côté, dur, je n'arrivais même plus à reprendre mon souffle, les arbres apparaissaient et disparaissaient sur le ciel bleu et le pauvre Gastón crachait ses poumons. On est passés sous un obélisque. C'est là que je me suis évanoui.

4

— Gastón !

Je hurlais en essayant de m'arracher aux ongles de l'infirmière agacée. Ses bras charnus m'agrippaient, je me tortillais comme une anguille, mais impossible de dégringoler de là.

— Gastón !

Des hommes en bleu, nus sous leur blouse à manches courtes, le conduisaient fermement vers le bout du couloir. Il s'est retourné une fois, ses longs cheveux noirs crasseux plaqués en arrière – un chef indien. Quand sa silhouette en zigzag a disparu derrière un panneau en verre, toutes mes forces se sont noyées. J'avais l'impression d'être un poisson rouge tout mou, bon qu'à être jeté aux toilettes. J'ai laissé faire, en fermant les yeux. Plus mal, plus rien. Les bras qui me trimbalaient me reliaient encore un peu au monde, mais le monde, maintenant, je m'en fichais.

Je crois qu'après ils m'ont déshabillé, tripoté, transporté, anesthésié. Quand je me suis réveillé, j'avais à peine la force de soulever mes paupières. Sur le mur d'en face, un carré de lumière bleue. J'entendais des bips réguliers au-dessus de ma tête. Rassurants. À part ça, rien. Je me suis rendormi.

Un peu plus tard, je somnolais, ça s'est mis à me gratter en bas du ventre, ça tirait, j'ai touché, un pansement. Quand j'ai essayé de me relever, ma tête s'est mise à tourner, envie de vomir, j'ai dit non, il fallait que j'arrive à me lever. Les pieds nus sur le sol froid, j'ai avancé, à moitié dans les vapes, un tuyau me reliait à une espèce de portemanteau à roulettes, j'ai agrippé la tige en métal, quelques pas jusqu'à la fenêtre, j'ai collé mon nez sur la vitre, une odeur d'œuf cru.

Plus bas, la rue, la nuit, les voitures, et, contre une façade en brique, dans des bacs, de grands sacs-poubelle qui débordaient comme de gros bouquets de fleurs avachies. Le trottoir suintait. Accroupi contre un arrêt de bus, un homme attendait, la bouche grande ouverte, les yeux absents. Sa face, hideuse et familière à la fois, se détachait dans la brume. Gastón. Il était resté là et il dormait.

Derrière moi, dans le couloir qui menait à ma chambre, des soupirs, une émission de radio, des éclats de rire. Il fallait que je me tire de là. Retrouver mon clochard. Guetter, comme dans les films, le bon moment pour sauter par la fenêtre et m'enfuir. Mais, avec ce tuyau qui me sortait du corps et qui me tenait en laisse, je ne voyais pas comment faire. Je risquais de mourir si je l'arrachais et mes jambes étaient toutes molles. Je sentais que ce n'était pas le moment. Alors, j'ai décidé de retourner me coucher et de prendre mon temps. Gastón ne partirait pas sans moi.

Allongé sur le dos, j'aurais bien voulu me mettre sur le côté, mais ça faisait trop mal. Mon oreiller empestait un mélange d'eau de Javel et de saucisson sec. J'ai retenu ma respiration en fermant les yeux. Peu à peu, j'ai eu la sensation de me détacher de moi-même, de grimper dans les airs. Je m'enfonçais dans le plafond crémeux, ma mère était là, elle m'enlaçait dans le doux de ses bras. Et puis, voilà qu'un homme s'est approché par-derrière et s'est mis à la frapper. Alors, d'un coup, je suis retombé. Mon cœur tapait dans ma poitrine. Tout se brouillait dans ma tête. J'essayais de me calmer en me disant que ma mère avait dû prévenir la police. On allait me retrouver, je n'avais plus qu'à attendre. Le moment venu, je passerais un sale quart d'heure. Tant pis.

J'avais dû me rendormir. Quelqu'un me tapotait l'épaule pour me réveiller. Le jour glissait sur mes paupières, du verre s'entrechoquait, ça y est, je me suis dit, c'est le matin. Je devinais des formes. Elles parlaient entre elles, ça bourdonnait. J'ai ouvert les yeux. Deux hommes et trois femmes en blouse blanche se tenaient là, des cahiers entre les mains. Ils m'observaient. J'ai fait semblant de me rendormir.

— Qu'est-ce qu'on va faire avec lui ?
— T'as prévenu, toi ? Parce que, moi, j'ai pas eu le temps de m'en occuper.
— On attend qu'il aille mieux ?

— Écoute, c'est pas à nous de faire ça. Agustín n'a qu'à s'en charger.

— Bonhomme, tu m'entends ? *Che*, tu te réveilles ?

Je ne bronchais pas. Une main a soulevé le drap, mon ventre gargouillait. Une des femmes me tapotait la joue.

— Allez, réveille-toi.

— A priori, tout va bien, a murmuré une autre voix. Il doit être fatigué, laisse-le dormir. On verra après.

Je me sentais minable, tout nu comme ça sur un lit. J'aurais préféré être mort, ou me téléporter. Disparaître. Ça a encore discutaillé, il y en a un qui n'arrêtait pas de se gratter la gorge et un autre qui a éternué très fort, puis, ils sont sortis. J'ai attendu un peu avant de me redresser. La peinture blanche des barreaux de mon lit s'écaillait, autour de moi il n'y avait pratiquement rien à part une chaise penchée, une table roulante, un lavabo et, par terre, dans un coin, un gros sac en plastique. Je me sentais mieux, alors, je me suis laissé glisser sur le sol avec mon drap et j'ai attrapé le sac. Dedans, mes vêtements encore mouillés. Ils puaient, tant pis, je pourrais quand même les mettre et me faire la malle. J'ai coincé le sac entre le lit et le mur pour qu'on ne me les reprenne pas et je me suis rallongé. Il ne me restait plus qu'à obéir jusqu'à ce qu'on me détache de cet horripilant portemanteau à roulettes. Je fixais le liquide qui coulait au ralenti. Dans le tube, une goutte se formait, gonflait, peinait à se détacher, tombait mollement, puis, ça recommençait. J'aurais pu retirer l'aiguille de mon bras. Mais je m'en sentais incapable. Peur d'avoir trop mal.

L'ombre de l'immeuble d'en face s'allongeait lentement sur le sol, attaquait les pieds du lit. Impossible de savoir quelle heure il était. Une femme est entrée. Petite, jolie, très brune. Un flic. Ça y était, on m'avait retrouvé. Je serrais les poings pour ne pas pleurer. Elle s'est assise au bord de mon lit, en me demandant d'une voix douce mon prénom, mon nom. Si ma mère était allée chez les flics pour signaler ma disparition, elle aurait dû les leur donner. Tout ça n'était pas normal. Je me taisais. Peut-être qu'il lui était arrivé quelque chose, dans ce cas, on me renverrait en France sans elle. Et ça, non. Certainement pas. En même temps, j'aurais bien voulu lui dire à la policière que j'étais Lucien. Lucien Pourrat. Ni plus ni moins. Et qu'on me rende à ma mère. Mais quelque chose me retenait. Quelque chose de plus fort que ma peur.

La fenêtre était entrouverte. Derrière les vitres sales, au loin, une bouteille de Coca-Cola peinte sur le dos d'une tour et, sur un balcon, un vélo et des plantes mortes. Dans le ciel vert, un nuage s'enroulait en spirale. Une odeur de poulet grillé est entrée, une odeur croustillante. Ça m'a donné faim.

— Bon. Je reviendrai demain. J'espère que tu seras plus bavard. *Chau* bonhomme !

Elle s'est levée, les bras croisés. Son parfum de muguet me chatouillait le nez. Au même moment, une infirmière moustachue est entrée. Elle a posé un plateau sur la table à roulettes, au-dessus de mes jambes. Puis, avec ses mains moites glissées sous mes aisselles, elle m'a redressé. Calé contre l'oreiller, je me suis jeté sur le jambon et la purée grise, la tranche de pain pâteuse et le flan. J'avais trop faim. La grosse poitrine de l'infirmière s'est gonflée de soulagement.

— ¡ *Muy bien !* elle a répété plusieurs fois. Bravo !
Elle mastiquait ses mots.

Ce n'est que le lendemain matin qu'un type qui sentait la sueur m'a débranché de mon tuyau. Dehors, un martèlement et un air d'accordéon, peut-être un vendeur ambulant et son cheval. Un autre type, blouse de médecin ouverte, est venu me tripoter le ventre sans un mot. Il a retiré d'un coup sec mon pansement, a regardé ma cicatrice, puis chaque partie de mon corps, méthodiquement, comme si j'étais un bestiau. Puis, en me fixant longuement, il s'est appuyé sur mon lit en soupirant, peut-être qu'il souriait. Il est resté là un moment, sans bouger. Juste avant de sortir, il a baissé les paupières deux fois. Deux fois comme pour dire oui.

Dans ma chambre, il y a eu comme un appel d'air. La poussière flottait dans le rai de lumière que faisait le soleil. Sans penser à rien, je me suis habillé et je me suis glissé dans le couloir. Personne. J'ai descendu les marches d'un escalier crasseux. En bas, dans une salle d'attente, deux femmes changeaient les couches d'un bébé allongé sur un banc. Au fond, une porte. Puis encore une autre, verrouillée cette fois-ci. Impossible d'abaisser la poignée. Mais, en appuyant dessus et en la remontant, la porte s'est ouverte, le jour m'a ébloui, une camionnette démarrait, je me suis mis à courir. Pourvu qu'il m'ait attendu.

J'ai cherché l'arrêt de bus, mais plus rien ne ressemblait à ce que j'avais vu de ma fenêtre, là-haut, la nuit. J'ai entortillé mes mains. Pas une seconde à perdre, il fallait que je le retrouve. J'avais du mal à reprendre mon souffle. J'ai fouillé dans mes poches, un morceau de tissu. C'était le petit drapeau argentin que ma mère m'avait offert en arrivant dans ce pays. Je me suis mouché dedans. Plusieurs fois.

Au même moment, quelqu'un a agrippé mon tee-shirt par-derrière. Gastón, les traits tirés et les cheveux qui lui tombaient sur les yeux comme de la vieille corde, m'a fait signe de le suivre. Je me suis jeté contre lui, en l'attrapant par sa taille cassée, mes bras le serraient de toute leur force, j'ai mis mon visage contre son ventre mou, il manquait des boutons à sa chemise et je sentais ses poils, sa peau collante, son odeur de cheval. Je frottais mon front, mon nez, sur sa poitrine, j'aurais voulu le mordre pour l'aimer encore plus. Il ne bougeait plus, tétanisé, les bras en l'air, le regard ailleurs. Il a crié :

— Lucio, ça suffit !

Je me suis écarté, tête baissée, il allait me punir, ou me dire de foutre le camp. Je tremblais, mes jambes chancelaient. Il a alors craché sur le trottoir en empoignant mon épaule et m'a poussé en avant :

— *¡ Vení !*

5

On a marché longtemps avant de retrouver son chariot dans une rue en pente. Des feuilles de journaux coinçaient les roues. Il a tiré dessus comme un enragé jusqu'à ce que l'engin se mette à rouler. Je l'ai aidé à pousser, puis à tirer, de rue en rue, jusqu'à ce qu'on approche d'une grande gare. La foule faisait barrage. Les gens nous bousculaient, nous insultaient. On a foncé dedans. Ce qu'on faisait là, je n'en savais rien, ce qui était sûr, c'est que je n'avais pas trop le choix. Je suivais Gastón, pieds nus, un câble, une capsule, du verre, je me blessais les talons, les orteils, j'avais mal, je serrais les dents.

L'intérieur de la gare était encore plus grand que ce que l'on pouvait imaginer de l'extérieur, immense, et ça gueulait dans tous les sens. On est ressortis par un côté, en s'enfonçant dans un tunnel tagué, puant. Au bout, on s'est séparés de son chariot dans une décharge. Des dizaines de voiturettes bricolées dans des Caddies, de mini-remorques à moitié écroulées, gisaient les unes contre les autres. En soulevant des panneaux de tôle ondulée, on s'est retrouvés à nouveau dans la gare, directement au bout d'un quai, sans billet et sans payer. On n'était pas les seuls à faire ça. Une sonnerie a retenti, Gastón m'a attrapé par le poignet, un train déglingué démarrait les portes grandes ouvertes, on a sauté dedans, il était bondé. Pas un siège. Les plus jeunes s'accroupissaient par terre, les femmes, accrochées aux barres, râlaient en les traitant de voyeurs, de fils de pute, et leur dégainaient des coups de pied dans les omoplates.

Gastón me tournait le dos. Son derrière pointu tapait contre mon estomac. Je fixais le tissu usé de son vieil anorak, à un doigt de se déchirer. Un brouillard recouvrait lentement mes yeux, le train accélérait, ralentissait, freinait brusquement, repartait, crissait, ça n'en finissait pas, je somnolais, j'étais dans le métro parisien avec ma mère, quand elle m'accompagnait chez sa sœur. On descendait à La Muette, on longeait des vitrines, la porte cochère de l'immeuble s'ouvrait toute seule, dans le petit ascenseur, je me serrais contre son ventre en fermant les yeux, elle restait de marbre, la porte de l'ascenseur s'ouvrait, Mathilde nous attendait sur le palier en riant, une cigarette à la main, ma mère pouvait filer.

Un vendeur ambulant m'a sorti de mes rêveries, il brandissait une planche où étaient accrochés des briquets, des lampes de poche et des paquets de chewing-gums, en répétant les mêmes phrases en boucle, deux pour le prix d'une, vous ne le regretterez pas, mes lampes n'ont pas les yeux dans leurs poches, laissez-vous tenter, ces lampes-là vont éclairer vos vies. J'avais du mal à ne pas le dévisager. Il lui manquait un œil, un morceau du nez et le coin gauche de la bouche. J'imaginais toutes sortes d'accidents qui avaient pu emporter la moitié de son visage. Gastón lui a balancé un coup d'épaule pour qu'il dégage. Moi, j'aurais bien voulu des chewing-gums.

On est descendus du train, il pleuvait. Sur le quai, des pages de journaux, des chips écrasées, de la terre. Ça faisait une sorte de tapis sous mes pieds. Plus bas, un bidonville. À l'infini. Pour la première fois, Gastón a attrapé ma main. La sienne, déformée, écrasait mes doigts. Les ruelles entre les maisons bricolées sentaient les poubelles et l'oignon frit. Au bout d'un long sentier qui remontait sur une butte, on est arrivés chez lui. J'étais vidé.

Chez lui, le vent. Du vent partout. Derrière le rideau noir déchiré, sous la table en plastique, au-dessus de la couverture soigneusement pliée sur le matelas. Chez lui, une seule pièce, une seule fenêtre et de la terre battue. Dans un coin, des champignons accrochés à une planche et, entre les poutrelles qui retenaient le plafond, des paquets de saletés. Je me suis assis en tailleur sur le matelas posé sur le sol, je grelottais, il a ouvert la porte d'une table de chevet en bois tailladée et en a sorti une théière en porcelaine blanche – l'élégance d'un cygne. À la naissance de la poignée, deux initiales peintes en bleu : YL. Il a craqué une allumette, une flamme bleue a jailli du réchaud à gaz. L'eau a frémi. D'un côté la casserole crasseuse, de l'autre la théière. Mon regard passait de l'une à l'autre, quelque chose ne collait pas. Gastón a versé l'eau brûlante sur un sachet de thé Lipton, il s'est frotté les mains, puis il a rempli deux tasses. Le thé a brûlé ma langue, puis ma gorge, c'était la première fois que j'en buvais. Ça m'a plu, amer et doux.

Juste après, j'ai posé ma tête sur la couverture, elle sentait les légumes moisis au fond d'un frigo. Je me suis mis sur le dos et j'ai fixé le toit – une grande plaque en aggloméré vert, avec des chiffres griffonnés en noir. J'ai fermé les yeux, Gastón a soulevé ma tête, l'a reposée sur son anorak roulé en boule. Il a déplié la couverture sur moi, une couverture lourde, chaude, qui grattait.

Plus tard, je me suis réveillé, il n'était plus là. L'obscurité m'écrasait contre le matelas humide, j'avais beaucoup transpiré ou alors de l'eau était remontée par le sol. Je suis resté sans bouger jusqu'à ce que le jour se lève, je comptais le nombre d'objets dans la pièce, douze, le nombre de fissures qui apparaissaient dans la tôle avec la lumière extérieure, trente-trois, et je me suis mis à réciter mes tables de multiplication comme une prière.

Une fille est apparue à la porte, jean moulant, gros seins et pull rose déformé.

— Gastón, tu peux venir m'aider ? Mes patrons

m'ont donné leur vieille télé, je l'ai raccordée au groupe électrogène, mais y'a rien sur l'écran.

J'ai enfoui ma tête sous la couverture. Une infection.

— Allez ! Sors de là, l'tordu, viens me donner un coup de main et me mettre le nouvel épisode de *L'Amour en cage*.

Elle m'a balancé un coup de pied, je n'ai pas pu retenir un aïe. Elle a soulevé la couverture, je me suis tourné vers le mur. Elle a sifflé. Un sifflement long. Et aigu.

— J'rêve ou quoi ? Qu'est-ce que tu fous là, l'mioche ?

Je me suis levé en la regardant droit dans les yeux. Elle a continué :

— T'es qui, toi ? Il est où, Gastón ? Fais pas le malin avec moi, hein ! Il est où, le type qui habite ici ? T'as intérêt à me répondre ou j'te casse la gueule !

Elle rugissait, ses longues mèches noires rebondissaient sur ses bras, qu'elle agitait. J'ai haussé les épaules, elle me fixait. Je me suis approché de la table, elle a vu la théière et les deux tasses. Son visage a changé d'expression – deux petites rides barraient maintenant son front.

— Quel con, ce Gastón ! Quelle mouche l'a piqué pour qu'il te ramène chez lui ? Et toi, tu peux pas me répondre ? T'as rien à dire ? C'est complètement vide dans ta tête ?

Je me suis assis sur le tabouret en plastique jaune. Les mots ne venaient pas. Son regard s'est obscurci.

Elle est partie. Elle avait de grosses fesses. J'ai fermé les yeux. De toutes mes forces, je me suis répété : Je ne suis pas là, je ne suis pas là ! Puis, j'ai pensé : Quand j'ouvrirai les yeux, je serai dans ma chambre, ma chambre à moi. Tout ça n'est pas vrai.

6

C'était pourtant bien vrai. J'étais totalement perdu au fin fond d'un bidonville argentin. La fenêtre du cabanon était tellement sale qu'on ne pouvait rien voir dehors. Des voix de femmes se mêlaient à des pleurs de bébés, ça s'engueulait et ça riait. Un chien aux pattes arquées a passé son museau gris dans l'encadrement de la porte, puis sa tête. Ses oreilles avaient dû être arrachées ou bien elles n'avaient jamais poussé, on aurait dit un phoque. Quand il m'a vu, il a fait demi-tour, la queue entre les cuisses.

Je me suis mis à fouiller le cabanon. D'abord, les poches d'un pantalon accroché à un clou, rien, puis, la table de chevet. Parfaitement rangés, des bouts de carton recouverts de mots étaient empilés sous un livre. Je l'ai feuilleté. À toutes les pages, des dessins minuscules dans les marges – des labyrinthes, des visages, des nuages. Je l'ai remis à sa place, je mourais de faim, je suis sorti.

Il faisait beau et chaud, la terre séchait, l'eau des

flaques se figeait. Sur un toit, assise dans un fauteuil en plastique, la fille aux gros seins m'a fait un signe, elle était en soutien-gorge, à côté d'elle, deux femmes pliaient du linge. Derrière une bâtisse à étages biscornus, j'ai senti une présence derrière moi. Un enfant, à peu près mon âge, m'a balancé un coup de pied dans le tibia, en me traitant de voleur. Quel con. Il m'avait fait mal. Et puis, justement, il allait bien falloir que je me mette à voler, j'avais faim et la plante des pieds en sang, il me fallait des chaussures et je n'avais pas un sou. Le gamin a disparu. Je me suis mis à chercher partout quelque chose à me mettre sous la dent. Et aux pieds. Comme un chien, je furetais dans les recoins. Gagné ! Derrière une cuve, deux sandales beiges. Je les ai attrapées, deux pieds gauches. Tant pis, ça ferait l'affaire. Elles ne m'empêcheraient pas d'avancer.

Maintenant, trouver quelque chose à manger. Je passais de ruelle en ruelle, en traversant des petites places où des vieilles discutaient, personne ne faisait attention à moi, des enfants traînaient ici et là, tout le monde s'en foutait, les gens remuaient comme des autos-tamponneuses, le bidonville vibrait, électrique.

La fin du jour est arrivée, je me suis assis sur un tas de vieilles roues au sommet d'une butte, en fixant le soleil rouge qui tombait au ralenti. Les taudis, les morceaux de ferraille devenaient beaux, la ville se recouvrait d'or, je ne distinguais plus que des silhouettes. Mes yeux brûlaient, j'aimais ça, le paysage se déformait, disparaissait, m'engloutissait.

D'un seul coup, la nuit a aspiré le jour, comme avec une paille. Le ciel s'est assombri, de gros nuages glissaient vers l'ouest, s'illuminaient et s'obscurcissaient, éclairés par un faisceau de lumière discontinu qui jaillissait de très loin. La lune est apparue, je n'avais plus faim, il faisait bon. Soudain, quelque chose s'est fracassé sur ma tête.

— Petit con, ça fait une heure que je te cherche, fils de pute, tu crois quoi ? Que je vais te laisser filer comme ça ? Que t'es au cinéma ? Qu'y a rien d'autre à foutre que de rien foutre ? Je te laisse pioncer, je te laisse chez moi, dans mon chez-moi, je me crève à aller empiler des merdes de cartons, des pourritures de papiers, chez ces enculés qui nous crachent à la gueule, tout ça pour même pas bouffer, et même que j'ai rapporté de quoi te nourrir, petit charognard, et je sais pas pourquoi, et puis je m'en fous, je m'en fous que tu crèves, dégage !

Gastón gueulait, postillonnait, gesticulait. Ma tête devait saigner, ça me lançait à l'intérieur et, à l'extérieur, ça me brûlait. Il a attrapé une boîte de conserve rouillée, puis une bouteille en plastique écrasée, me les a lancées dessus. Je hurlais :

— Arrête, au secours, tu me fais mal.

Ça a duré un moment. Jusqu'à ce qu'il me tourne le dos et s'éloigne. Alors, j'ai touché mon crâne. Ni sang, ni blessure. Je l'ai suivi.

Dans les carcasses de maisons, des nids à rats, les gens étaient agglutinés autour de tables rafistolées, ils se serraient les uns contre les autres, braillaient, assis sur des lits en fer, des bidons, comme pour un repas de fête – mais ça n'avait franchement pas l'air d'être la fête. Juste l'heure de manger. Ça sentait la misère, les relents de chou et la friture.

Quand je suis entré dans son taudis, Gastón s'est couché, tout habillé. Je suis resté debout, sans bouger. J'attendais, avec la tête qui tournait. J'ai fini par attraper la couverture à ses pieds et je me suis allongé contre lui, pas le choix, sinon c'était sur le sol. Il m'a accueilli d'un énorme pet, une odeur de tomate séchée. En rigolant.

Au milieu de la nuit, je me suis réveillé en nage. Je délirais, je gémissais, j'avais trop chaud, mes vêtements étaient trempés. Mes yeux cherchaient à s'agripper à quelque chose dans le cabanon, un objet, un meuble, mais tout était trop sombre, trop confus. Dans ma tête, la voix de ma mère s'amusait, tournicotait, avec ses histoires, ses jeux de petite fille. Impossible de la faire taire. On aurait dit un enregistrement. En boucle.

— Dans le fond du jardin, le long du mur, il y avait cette corde à linge que ton grand-père avait installée. Avec ton oncle Frédéric, on mettait des gants de cuisine et on y suspendait le chat de Mathilde, ta tante chérie. Avec des pinces à linge et par les oreilles. Il se tordait dans les airs, il grinçait, c'était tellement drôle ! Et Mathilde ? Elle hurlait en pleurant. Pauvre princesse…

J'aurais voulu faire taire cette voix qui tapait dans

ma tête, ne pas entendre ces méchancetés que ma mère avait faites avec mon oncle, j'avais du mal à respirer, je ne savais plus où j'étais.

— Et les poissons rouges ! Ah, les poissons rouges ! À quoi servent ces petites choses molles ? Mais… à rien ! Elles tournent en rond dans leur bocal, et puis, un beau jour, elles se retrouvent à la surface de l'eau. Mortes, comme des crachats. Et qui plus est, cela sent mauvais ! Alors, avec ton oncle, qu'avons-nous fait avec les poissons rouges de ta tante, ta gentille tante, la douce amie des bêtes ?

Je tanguais dans le noir, je voulais que ça s'arrête.

— Nous les avons tous enfilés dans une aiguille à tricoter !

L'oncle Frédéric, cette saleté. Avec ses bras trop longs qui pendaient sur ses cuisses. Quand ma mère m'envoyait en vacances chez lui, il me faisait danser dans son bureau. Je sautillais en tournant sur moi-même, je m'emmêlais les pieds, sa tête partait en arrière, il se redressait, me fixait, on aurait dit une poupée avec la tête qui se déboîte. Il m'ordonnait de continuer, je perdais l'équilibre, je tombais à genoux, devant lui. Il m'attrapait, me mettait sur lui, tout se brouillait, au loin, j'entendais dans le jardin mes cousins qui jouaient. Heureusement, ici, c'était fini. Et, sans ma mère, jamais je ne retournerais en France.

La lumière s'est allumée, une ombre s'est penchée sur moi. Gastón a bafouillé mon prénom, Lucio. Avec son défaut de prononciation, ça devenait Luchio, ça m'agaçait. Je n'arrivais pas à bouger les lèvres. Ni à ouvrir les yeux. Il a plaqué un chiffon mouillé sur mon front. La voix de ma mère a disparu.

— T'inquiète pas, petit gars.

Il est sorti, pas longtemps, en rentrant, il a allumé le réchaud à gaz, fait couler de l'eau dans un récipient, moi, j'essayais de retirer mon tee-shirt, je mourais de chaud, je claquais des dents, ma peau brûlait. Il m'a aidé en me soulevant, m'a calé contre lui, je me suis mis à tousser, tout tournait autour de moi. Alors, avec son haleine de poisson, il s'est mis à souffler sur mes cheveux, il pensait me faire du bien, c'était pire. De temps en temps, il trempait le chiffon dans une bassine d'eau froide, me le passait sur la nuque et la poitrine, en mettait partout. J'avais mal dans le bas du ventre, là où on m'avait opéré. Au bout d'un long moment, ça s'est calmé. Tout doucement, il m'a collé une tasse brûlante entre les lèvres et m'a fait boire un liquide qui ressemblait à du feu. À bout de force, je me suis laissé glisser entre ses jambes, ma joue posée sur sa cuisse, ça empestait les chaussettes. Je me suis agrippé à lui et je me suis endormi, brusquement, profondément.

Je serais incapable de dire combien d'heures, combien de jours j'ai divagué, égaré entre deux eaux. La nuit et le matin ne faisaient qu'un, l'après-midi, la fièvre montait. J'avais l'impression de me noyer, puis je remontais à la surface, ballotté entre cauchemars et rêves, sommeils profonds et délires. De temps à autre, Gastón me mouillait les lèvres avec une éponge qui sentait l'essence, me grattouillait les cheveux. Je me laissais faire, je lâchais prise. L'ombre de ma mère, immobile, semblait me surveiller, je l'entendais fredonner, tantôt douce, tantôt méchante. Je tendais la main pour la toucher. Rien. Personne.

7

Je me suis réveillé guéri. Et affamé. Ça sentait la cuisine. J'aurais pu manger dix hamburgers. J'ai bondi vers la table, Gastón versait de l'eau chaude dans sa jolie théière. À côté, dans une casserole pleine de macaronis, des œufs mollets se vidaient de leur jaune. J'ai attrapé une cuillère à soupe qui collait à la toile cirée.

— *Che*, doucement ! Je sais que tu meurs de faim, mais attends que je termine.

La théière fumait, une spirale pâle s'étirait et disparaissait, peut-être un génie.

— Allez, grand cafard, viens là.

J'ai inspiré un grand coup et je me suis jeté sur la nourriture. Je l'engloutissais. D'immenses bouchées bien chaudes. Je les mastiquais à peine, manquant m'étouffer. Gastón m'a tendu une tasse remplie de thé. Je l'ai bue d'un trait. Il avait dû vider un paquet de sucre dedans tellement c'était sucré, j'adorais, j'en ai redemandé.

Si ma mère avait été là, elle m'aurait hurlé dessus.

Il fallait toujours que je me tienne à carreau, tiens-toi bien à table, ne fais pas de bruit en mastiquant, sois distingué, elle me disait, cela t'ouvrira des portes. M'ouvrir des portes ? Des portes de quoi, d'abord ? Gastón, lui, s'en tapait de ces choses-là. Il me regardait, la main plongée dans la poche de son pantalon, en se grattant la cuisse.

J'ai raclé le fond de la casserole et c'était comme si tous les deux on reprenait notre souffle en même temps. Il a eu une espèce de rire rauque. Ça l'a fait tousser bizarrement, comme s'il allait mourir. J'ai eu un peu peur, alors je me suis mis à rire moi aussi en me forçant. Il a craché par terre, une manie, j'ai fait comme lui. Il a souri. Peut-être bien qu'il allait me garder avec lui, au moins jusqu'à ce qu'on me retrouve. Seulement, ici, au bout du monde, qui viendrait me chercher ? Il fallait absolument qu'on retourne en ville.

— Tu te sens comment ? il m'a demandé.

— *Óptimo,* j'ai répondu. Au top.

— Allez, en route, il a dit, comme s'il lisait dans mes pensées.

Quand il parlait, Gastón maugréait. Et son incisive cassée lui donnait un air de bandit. De gentil aussi. Quelque chose d'Indiana Jones. En un peu déglingué. Indiana Jones, c'était mon héros, et là je l'avais à mes côtés, en version abîmée.

Il me tirait par la main. On n'était pas les seuls à foncer dans la nuit du matin. J'avais mes sandales en plastique aux pieds et mon tee-shirt sale sur les épaules, j'avais froid. Il devait être quatre ou cinq heures, des femmes, jeunes, vieilles, avançaient en débardeur et jean, une couverture posée sur les épaules, des enfants les suivaient et puis, encore plus nombreux, des hommes, avec de grands sacs en toile sur le dos, poussaient des carrioles difformes. On aurait dit des morts-vivants. Quand le train, encore plus défoncé que celui que nous avions pris pour arriver là, est entré en gare, on s'est tous engouffrés dedans, carrioles comprises. Pas un siège, pas une fenêtre, on aurait dit un train tout droit sorti d'un cimetière de trains. Et nous, une vague humaine encore tiède qui remplissait les wagons.

Gastón s'accrochait à moi, ses ongles s'enfonçaient dans mon bras, une roue m'écrasait le pied. Les gens avaient tellement mauvaise haleine que j'ai cru que j'allais vomir mon petit déjeuner. Quand le train s'est mis à rouler, coincé entre un coude et une barre de fer, j'ai fini par somnoler. J'avais l'impression d'être dans une cale de navire, avec les bêtes et les machines. Ou dans le ventre d'une baleine, un ventre archi-plein. La chaleur montait. Les odeurs grimpaient. Au début, le train s'arrêtait souvent, après il a roulé lentement jusqu'au terminus. Quand on est arrivés à la gare de Retiro, le jour se levait.

8

Derrière la station, on est allés récupérer notre chariot calé entre des dizaines d'autres chariots, là où on l'avait laissé. Je ne quittais pas Gastón d'une semelle. On longeait un grand parc où les arbres étaient décorés pour Noël. Il faisait bon, c'était l'été austral. On s'est tout de suite mis à fouiller les poubelles, à ramasser les papiers, les cartons, les bouteilles en plastique.

Des types nous ont hélés en nous balançant des tas de magazines ficelés, Gastón, son anorak noué autour de la taille, les a remerciés d'un signe, toujours plié en trois. Peut-être qu'il était devenu comme ça à force de se pencher. Ou qu'il était né tordu. Ça m'a fait de la peine. Ce qui était sûr, c'est que Gastón, quand il plantait son regard dans le mien, je le voyais beau.

En plein milieu de la rue, on traînait notre chargement qui grossissait à vue d'œil. D'immenses voitures propres klaxonnaient pour pouvoir passer. Les façades des immeubles disparaissaient derrière les arbres en fleurs. De gros arbres, comme jaillis des trottoirs. On aurait dit Paris. Devant un magasin, une petite fille, deux tresses blondes et des lunettes rouges, attendait. Elle m'a regardé comme si j'étais anormal, avec curiosité et aussi de la peur. J'ai baissé les yeux, puis j'ai pensé : Non, regarde-la. Regarde-la et souris-lui. C'est ce que j'ai fait. Alors, elle m'a souri elle aussi.

Sa mère est sortie de la boutique, bronzée, des lunettes de soleil entre les doigts. En s'inclinant à peine, elle l'a embrassée, l'a saisie par la main. J'aurais pu tout laisser là, leur dire prenez-moi, m'en aller avec elles, mais j'ai regardé mes sandales, toutes les deux pour le pied gauche, mes orteils sales, j'ai lancé deux vieux journaux dans le chariot et j'ai haussé les épaules. Elles ont tourné au coin de la rue, Gastón m'observait.

C'était vraiment un boulot de bête. J'avais des ampoules plein les mains. Et j'avais honte. Gastón poussait le chariot, courbé, son tee-shirt plein de sueur. Je ne l'aidais pas beaucoup, mes forces ne suffisaient pas pour tirer tout ce chargement et je mourais d'envie de m'allonger sur le tas de cartons pour regarder défiler les branches et les bouts de ciel. On croisait d'autres gens comme nous. Aussi crevés que nous.

— ¡ *Che, negro* ! T'es au courant pour demain ?

J'étais surpris qu'on traite Gastón de Noir.

— Tu viens à la manif, j'espère ! Ras l'bol de toute cette merde. Qu'ils dégagent, ces salauds ! Tous dehors !

— T'es sûr qu'il n'y a pas de risque ? a demandé Gastón au type qui lui tendait une thermos d'eau chaude et une calebasse.

— C'est quoi, cette question ? On s'asphyxie, on n'a pas de quoi s'acheter à bouffer, on trime comme des bœufs… T'as un gosse, non ? Tu vas pas l'laisser crever ? Risque ou pas risque, on y va !

Je suis pas son gosse, j'ai pensé sans la ramener. Gastón, les yeux fermés, suçait la paille en inox plantée dans le maté. On aurait dit qu'il la tétait.

— Hé, bave pas dans l'maté, gros dégueulasse, lui a lancé l'autre.

Gastón lui a fait un doigt d'honneur, le type a éclaté de rire en lui arrachant la calebasse des mains. Après avoir reversé de l'eau chaude dans l'infusion et aspiré une gorgée, il me l'a tendue. J'ai fait semblant de boire, je n'aimais pas le goût de tabac qu'avait le maté.

— À demain, a bougonné Gastón. Où ça ?

— Ici c'est bien. Avant l'jour. Tous les chemins mènent à la Casa Rosada. Et ça s'dit palais du gouvernement… Tu parles ! Putain de gouvernement ! Et dis-toi bien qu'on s'ra pas les seuls ! Y'aura qu'à suivre le mouvement.

J'avais l'impression d'être dans un film. Je sentais que quelque chose de grave se tramait, que ça pouvait devenir dangereux. C'était excitant.

À la nuit tombée, Gastón a voulu acheter une galette de maïs à un vendeur ambulant, mais on n'avait pas assez d'argent. Le type nous a dit de dégager en repoussant du pied des bouts de gâteau à moitié écrasés sur le sol. Je me suis accroupi pour les ramasser. Ils étaient tellement secs qu'ils collaient au palais. Mais, à force d'y mettre de la salive, ça devenait comestible. Ça nous a fait quelques bouchées à mastiquer. Plus loin, à un coin de rue, on a placé le chariot devant un renfoncement et on s'est glissés derrière, il y avait très peu de place. L'un contre l'autre, on s'est affalés. Gastón ne disait pas un mot, ça sentait la pisse et, moi, je fixais une liasse de papiers qui dépassait de notre chargement comme la proue d'un voilier. J'ai fermé les yeux. J'étais un marin. Une voix criait : À l'abordage ! J'avais peur, mais je n'avais pas le choix, il fallait y aller, je m'élançais dans les airs, au-dessus des vagues.

9

— Ici, j'ai dix ans ? j'avais demandé à ma mère quelques jours après notre arrivée.
— Absolument pas, pourquoi ?
— Ben… parce que tu m'as dit qu'avec le décalage horaire on perdait des heures.
— Eh bien non, Lucien.
— Et ailleurs ?
— Ailleurs ?
— Ben, oui… Dans l'Antarctique, j'ai dix ans ?
— Fiche-moi la paix s'il te plaît avec tes stupidités.

Je m'étais tu, comme d'habitude, mais au moins elle m'avait rassuré. J'avais eu tellement peur d'avoir perdu un an, comme ça, juste en traversant l'Atlantique. Tout un océan. Mais non. Je continuais à grandir, c'était ça le plus important. Être grand, le plus vite possible. Et partir.

Gastón, lui, ne m'avait pas demandé mon âge. Juste mon prénom et pas d'explications. Il faut dire qu'avec la tête que j'avais on aurait dit que je sortais d'une poubelle.

Une rumeur et des pas précipités nous ont réveillés. La nuit était encore là, la ville grouillait. Elle grondait. On a repoussé le chariot d'un coup de pied, trop fort, tout est tombé. En trois minutes, le chargement était à nouveau en place, et nous, en marche. Sous les guirlandes de Noël qui passaient d'immeuble en immeuble, on chargeait. Je ne pensais plus à rien, c'était presque comme un jeu. On avançait en masse et on allait faire la peau à un président de la République. Incroyable. À côté de moi, un homme, tee-shirt noir et gros bras musclés, tenait par la main une femme très maigre avec de longs cheveux bruns et les yeux très maquillés. Un autre, en costume et cigarette aux doigts, levait le poing à chaque bouffée. Une bande de garçons, peut-être seize ans, s'engueulait. La foule grossissait, comme si on allait au spectacle. À la fin de la matinée, tout le monde tapait sur les rideaux métalliques baissés des magasins, sur des casseroles, sur tout ce qui faisait du bruit.

— Lucio, ici c'est pas comme chez toi, en tout cas je ne crois pas. Notre président nous ment, il se fout de nous, il nous prend notre fric, nous on a faim, on n'a pas de travail, on fouille les poubelles, tu comprends, bonhomme ?

Gastón avait changé d'expression, il n'avait plus rien d'un Indiana Jones, il devenait très sérieux et ça m'impressionnait.

— Tu peux pas chercher un vrai travail pour pas être pauvre ? je lui ai demandé.

— Impossible. Même si je voulais. Regarde les autres, pour eux, c'est pareil et c'est pas juste.

Je repensais à ma mère, elle avait toujours plein de travail, elle disait qu'elle allait tout arrêter parce qu'elle en avait assez, qu'elle trouverait autre chose, il y a une solution à tout, elle répétait. Moi, je ne comprenais rien à toutes ces histoires d'adultes, rien n'allait jamais. Quand je serais grand, je vivrais près de la mer, la mer que je n'avais jamais encore vue, je pêcherais des poissons pour les manger et je regarderais passer les nuages, tout seul sur un banc, au milieu de mon jardin.

Tout à coup, ça a explosé, quelqu'un a jeté une barre de fer dans la vitrine d'une supérette, une poignée de manifestants s'est détachée de la foule et s'est ruée dans le magasin. Nous, on continuait d'avancer. En me retournant, j'ai vu des gens qui ressortaient avec des paquets, des bocaux, des bouteilles à la main. Il y en a même un qui avait une cuisse de mouton sous le bras.

— Lucio, même si t'as faim, ne vole jamais ! a postillonné Gastón en faisant claquer sèchement une tape sur ma tête.

Personne ne m'avait jamais tapé. Et puis voler, c'était déjà fait. Trop tard.

J'ai crié :

— Ne me touche pas ! T'es pas mon père, t'es pas de ma famille, je m'en fous de ce que tu dis, je fais ce que j'veux, j'ai pas envie d'être un pauvre comme toi, je veux rentrer chez moi !

C'était la première fois que je haussais le ton face à

un adulte, j'ai eu très chaud au visage, j'étais à bout. Le flot de gens et de voix nous poussait en avant, donnait des coups de bâton dans les voitures, les poubelles, c'était la révolution.

— Gastón !

Je ne le voyais plus. Je paniquais. Je me suis mis à courir. Toujours tout droit. Si je ne le retrouvais pas, qu'est-ce que j'allais faire ? Retourner chez les flics, c'était tout ce qui me restait. Leur dire qui j'étais. Qu'ils retrouvent ma mère. Mais, si ça se passait mal ? Devant moi, un type se traînait. J'ai ralenti, je n'en pouvais plus. Je fixais ses godillots, de la terre sèche accrochée à ses semelles se désintégrait en tombant sur le sol. Ses pieds martelaient le trottoir en briquette rose. Je les fixais pour ne pas trop penser, ne plus avoir peur, peur de me retrouver tout seul encore une fois, que ce soit foutu, que ma mère ne me retrouve plus jamais, qu'elle ait fondu comme un morceau de sucre dans un verre d'eau. J'ai plongé ma main dans mon short, ma cicatrice boursouflée me démangeait, je réfléchissais. Le type a traversé l'avenue. J'étais en nage. J'imaginais ma mère qui me cherchait partout, qui m'appelait :

— Lucien, mon petit Lucien, où es-tu, mon bout'Zan ? Reviens, petit bonhomme, reviens, joli garçon.

Mais non ! Elle ne pouvait pas parler comme ça. Elle ne m'avait jamais parlé comme ça. Des nœuds de tristesse se sont mis à faire des ronds dans ma gorge, des tourniquets tout secs. Un chagrin qui faisait mal et qui s'est mis à exploser comme des pétards. Je me suis jeté par terre, j'ai roulé sous un arbre. Recroquevillé, ma joue et mon oreille collées contre l'écorce, j'ai pensé à mon grand-père qui ne se souvenait plus de rien, à ma tante que tout faisait rire, et j'ai éclaté en sanglots. Les gens passaient à côté de moi, s'écartaient. Je pouvais enfin laisser couler mon chagrin. J'aurais voulu crier, que ma mère puisse m'entendre de là où elle était, qu'elle vienne.

Une femme s'est penchée vers moi. Subitement, elle m'a attrapé et m'a calé dans le chaud de sa poitrine. Elle sentait le piment, elle me consolait, agenouillée sous l'arbre.

— Allez, pleure plus, c'est pas bon pour le cerveau, pleure pas trop, t'en auras besoin pour d'autres fois, de toutes ces larmes…

Sa voix presque d'homme me berçait. Mon front était brûlant, il s'enfonçait dans son moelleux plein de sueur. Ses seins me donnaient envie de les mordre. Je me suis agrippé à son décolleté et j'ai ouvert les yeux, sa peau était marron comme la mienne. J'ai aspiré son odeur, elle murmurait des mots que je ne comprenais pas. Elle s'est assise contre l'arbre, avec moi accroché à elle, les gens continuaient de passer, détournaient le regard, un homme en chaussettes blanches dans des mocassins noirs nous a jeté un peso sur le trottoir. Un flic s'est approché, il nous a donné des coups dans les jambes du bout de ses bottes. Il a ordonné : Allez, on se lève et on dégage ! On s'est mis debout et j'ai vu son visage, elle avait une drôle de tête, de grands yeux tout ronds, une bouche enflée, les cheveux en désordre. Sans demander son reste, elle a plongé pour ramasser la pièce par terre et s'est enfuie en zigzaguant, comme un poisson. Sa jupe à rayures était déchirée sur le côté, ses fesses rebondissaient.

Le flic parlait maintenant dans son talkie-walkie, une main agrippée à son revolver. Il demandait ce qu'il devait faire. Il en avait marre de tout ce bordel, des clochards, des dingues.

— Je t'ai déjà dit, il est tout seul.

Au bout de la rue en pente, des gens couraient, un sapin de Noël brûlait. Il fallait que je disparaisse et vite. À vos marques, prêt… j'ai détalé comme une fusée. Dans mon cou, sur mes mains, ça sentait la vanille et le piment. Je ne savais plus ce que je faisais. Je perdais la tête. Des manifestants ont surgi d'une avenue, dans une nuée de sirènes, de coups de klaxons. Je me suis plaqué contre l'étalage d'un magasin de fruits et légumes. Le volet métallique était baissé, l'écriteau avec les prix avait volé jusqu'au milieu de la rue. Dans un casier, des bananes. Je n'avais qu'à tendre la main pour m'en emparer puis filer, j'avais faim, c'est ce que j'ai fait. Pour la seconde fois, je volais. C'est là que j'ai cru la voir, au volant d'une voiture blanche. J'ai couru, les bananes calées contre ma poitrine. Elle allait trop vite. Et moi, je n'arrivais pas à la rattraper. Je hurlais : Maman ! Personne ne faisait attention à moi. J'ai ralenti. Je me suis arrêté. Ma mère ne conduisait pas, elle n'avait jamais eu son permis. Ça ne pouvait pas être elle.

Qu'est-ce que j'allais faire maintenant? Dans la ruelle, des femmes, rouge à lèvres et vernis fluo, fumaient, assises sur des bidons, jambes croisées. Elles pointaient en avant leurs seins enfermés dans de la fausse dentelle. Un homme en jogging était en train de se faire taper par deux types. Il ne disait rien, la tête coincée entre les genoux du plus jeune. Des volets s'entrouvraient. On entendait de la musique de vieux. Les vieux, leur musique, ça me rendait triste. J'ai ralenti en dévorant mes bananes. Dans ma bouche, elles fondaient comme des pâtes de fruits. J'ai fermé les yeux et j'ai fait un vœu. En les rouvrant, j'ai regardé en l'air, et c'était comme si la lune allait se détacher du ciel. J'ai trébuché. Des talons aiguilles se sont plantés juste à côté de mes mains. J'ai relevé la tête, sous la jupe de la femme au-dessus de moi, une odeur de mousse à raser et de champignon. Ça m'a donné le vertige. Elle m'a soulevé par les cheveux.

— Aïe! Vous me faites mal!

— Qu'est-ce que tu fabriques ici?

— Je rentre chez moi.

— Je ne t'ai jamais vu. Et les mioches n'ont rien à faire dans ce coin. C'est où, chez toi?

— Là-bas.

— Certainement pas, *negrito*, toi, tu ne dis pas la vérité.

— Je me suis perdu, je vous jure! Ma mère va me retrouver, elle doit pas être loin.

Encore ces foutues larmes qui se remettaient à couler.

— Bon, j'ai compris.

C'était comme si mon corps se dégonflait.

— Allez, t'inquiète ! Suis-moi. Comment tu t'appelles ?

— Lucio, j'ai ânonné.

— Lucio ? *Qué lindo...* Oui, c'est vraiment joli.

Je l'ai suivie. Ses cuisses tremblaient comme de la gélatine, moulées dans une minijupe dorée. J'avais soif. Par terre, une pièce nacrée. Je me suis penché pour la ramasser, c'était une capsule de bière. Le mot *estrella* y était inscrit en cercle, une étoile argentée sous chaque lettre. Je l'ai glissée dans ma poche. Elle me porterait bonheur.

10

— ¡ *Chiiiicas !* elle a hurlé, en poussant la porte d'une mercerie.

Une multitude de petits tiroirs s'étiraient le long du mur jusqu'au fond de la boutique, des rubans, des cordons de laine pendouillaient un peu partout et de beaux ciseaux de toutes les tailles étaient posés sur un comptoir. Au passage, j'en ai attrapé une paire, en forme de cigogne – ses lames lui faisaient un long bec. J'ai levé les yeux pour voir si elle me regardait. Elle avait déjà quitté la pièce.

Dans l'arrière-boutique, des filles faisaient griller du maïs enfilé sur des piques au-dessus d'un réchaud à gaz, d'autres mettaient du vernis à ongles sur leurs orteils, courbées en deux au-dessus de leurs pieds gonflés. Une petite, encore plus jeune que moi, tapait sur la tête de sa poupée avec une pantoufle. La femme m'a poussé vers la gamine, c'est Lucio, *querida,* tu as compris, ma chérie ? Je me suis assis à côté d'elle, sur un tapis à bouclettes qui avait dû être blanc. Elle avait la langue qui sortait un peu de la bouche. Une drôle de tête. Soudain, elle s'est jetée sur moi et m'a entouré de ses bras potelés en ronronnant, Lucho, Lucho, ami, à moi. Elle frottait son front contre mon épaule, je l'ai laissée faire.

Une des filles, l'air sévère, des Bic plantés dans son chignon, m'a tendu du maïs grillé : *Choclo*, p'tit mec ? J'ai tendu la main, l'épi était brûlant, je l'ai lâché, il a roulé sur le carrelage. Elles ont toutes éclaté de rire. Pour le récupérer, je l'ai enroulé dans le bas de mon tee-shirt difforme et j'ai attendu un peu en regardant la télévision – un gros poste posé sur une commode orange. C'étaient les informations, j'aurais préféré autre chose. Le présentateur essayait de parler au milieu de manifestants excités. Un président qui s'enfuit, quelle honte, gueulait un passant. Bon débarras, hurlaient les autres, qu'il dégage ! Dans un cadre, on voyait un hélicoptère qui décollait d'un toit. Une pub a coupé net l'image. Un surfeur se brossait les dents en glissant sur une vague turquoise. Surfeur, ça pourrait être bien comme métier… J'ai enfoncé mes dents dans le maïs. J'arrachais les grains moelleux, je les broyais. Le jus et la margarine coulaient dans ma gorge comme du sirop. Je dévorais l'épi en raclant le trognon, les gencives en feu.

— Hmm, une vraie moissonneuse-batteuse ! s'est amusée une jeune femme en me tendant une carafe d'eau dans laquelle chacune buvait à tour de rôle.

Ses longs cheveux noirs ramenés derrière les oreilles faisaient ressortir son beau visage.

Peu à peu, la pièce s'est vidée, je m'endormais doucement, repu et engourdi, la tête posée sur mon bras, au milieu des restes, des flacons de vernis et des limes à ongles, en pensant à My Châu, l'amie de ma mère, sa seule amie. My Châu débarquait toujours à des heures pas possibles. Pour gagner sa vie, elle conduisait des bus à Orly, transportait les pilotes et les hôtesses de l'air jusqu'à leur avion. Elle travaillait à l'aube, le jour, la nuit, tout le temps, elle disait que parfois elle était tellement fatiguée qu'elle s'allongeait au fond du bus enroulée dans son joli manteau. Elle était toujours bien habillée, élégante. Pour remplir son bus de gasoil, avec un gros tuyau, elle faisait très attention à ne pas tacher ses vêtements. Elle pouvait sauter plusieurs repas d'affilée, plusieurs nuits de sommeil aussi. Il fallait qu'elle travaille beaucoup pour pouvoir envoyer de l'argent à sa famille, au Vietnam, payer des études à ses enfants là-bas – elle avait des yeux de chatte quand elle disait *mes enfants.* Elle nous décrivait le lever du jour derrière les hangars, elle aimait faire rouler son bus dans les flaques des pistes d'atterrissage et boire des coups avec les pilotes. My Châu s'exprimait comme les hommes. C'était un homme dans un corps de femme. J'adorais l'écouter parler. Je m'asseyais dans le petit couloir qui allait de ma chambre au salon, je mettais mes mains devant les yeux et je l'imaginais dans un bus blanc, avec des pigeons posés sur le capot qui s'envolaient quand elle démarrait. Les pilotes montaient et descendaient en retirant leur casquette pour la saluer, ils lui baisaient la main et dans leurs lunettes d'aviateurs se reflétait la bouche en forme de cerise de My Châu. C'était elle qui apportait à ma mère ses petites fioles. Des remontants, elle disait. À moi, elle m'offrait toujours un bonbon au gingembre, enveloppé dans quatre petites feuilles de papier de soie. Quand on les superposait et qu'on les approchait d'une lampe, on voyait apparaître un insecte. Une araignée, un scorpion, une mouche.

Les nouvelles à la télévision me berçaient, la fuite en hélicoptère du président argentin repassait en boucle. Je rêvais, l'hélicoptère semblait se rapprocher, s'immobilisait. Un homme accroché à une corde descendait maintenant vers moi, m'agrippait et m'emportait dans les airs. Dans le cockpit, ma mère m'attendait. Elle criait mon nom, Lucien, en me plaquant contre elle. Elle me serrait si fort que je n'arrivais plus à respirer, je suffoquais, je me débattais. Elle écrasait sa bouche énorme sur mon visage, ses baisers mouillés me dévoraient, m'engloutissaient. Je me suis mis à hurler. Mon cauchemar s'est arrêté net. J'étais trempé, je m'étais pissé dessus.

La petite fille avec sa langue sortie me regardait, appuyée sur l'encadrement du lit où on avait dû me déposer pendant mon sommeil. Je me suis redressé. Autour de moi, des cercueils. Longs, noirs, blancs, petits, j'étais dans l'un d'eux à côté de celui de la gamine qui était partie en courant. J'avais honte d'avoir pissé comme ça, j'ai soulevé mon matelas humide. Il était en mousse et tellement léger que ça n'a pris que quelques secondes pour l'échanger contre le sien. Par terre, une oie en peluche gisait, sans pattes.

— Bien dormi ? m'a lancé celle qui m'avait ramassé dans la rue.

J'ai sursauté. Elle se tenait à la porte et n'avait plus rien à voir avec celle de la veille. Pas une trace de maquillage, ses cheveux mi-longs et décolorés étaient détachés, ses épaules recouvertes d'un châle en tricot.

— *Sí, señora*, j'ai répondu sans faire un mouvement pour qu'elle ne sente pas l'odeur.

— Pas de *señora* ici. Tu peux m'appeler Ariana. Viens te laver et boire un café au lait. Ne traîne pas et fais pas le malin. Tu sais, en ce moment, c'est le bordel. Entre De la Rúa qui s'est fait la malle la queue entre les jambes, tu parles d'un président, les banques qui nous piquent notre fric et le reste, j'te dis pas. Alors, un conseil, t'as qu'à bien te tenir pour pas avoir de problèmes.

Puis, elle s'est penchée sur les deux petits cercueils et sans rien dire elle a sorti le matelas mouillé dans la cour pour le faire sécher.

— Allez ! On se dépêche. Déshabille-toi, je vais laver tes affaires.

Elle restait là à attendre. Je n'allais quand même pas me mettre tout nu devant une femme.

— Allez ! À poil. Dans la cour, petit homme, au galop !

Elle avait les mains posées sur ses hanches et, dans sa voix, quelque chose me disait que je ferais bien d'obéir. J'ai tout enlevé.

— Donne, je ne te regarde pas. Ariana ne regarde jamais un homme tout nu !

Elle a lancé mes affaires dans une bassine et m'a attrapé par le bras. Au milieu de la cour, un tuyau crachait un filet d'eau jaunâtre. Près d'une des portes qui donnaient sur la cour, la petite fille coiffée d'un serre-tête a tourné le robinet.

— ¡ *Más fuerte mimosa !* a ordonné Ariana. Plus fort ma chérie !

— ¡ *Chí, mamá !*

C'était donc sa mère ? L'eau tiède a jailli, elle tenait le tuyau à pleine main, de l'autre elle me versait du shampoing vert fluo sur la tête. L'eau est devenue glacée, je poussais des cris en me trémoussant, ça me piquait les yeux, j'en avais plein la bouche. Le téléphone a sonné, elle a tout lâché, je me suis retrouvé seul au milieu de la cour, avec le tuyau qui s'agitait comme un serpent. La petite a fermé le robinet. Il faisait bon, le ciel était gris-bleu. Je me suis laissé sécher au soleil, en creusant des petits chemins dans la boue avec mes orteils.

11

À l'entrée de la cuisine, sur un tabouret, il y avait un short, une chemisette kaki et aussi une culotte de fille que j'ai enfilés à toute vitesse. Au milieu des cendriers pleins de mégots et des cadavres de bouteilles, un bol de café au lait et deux petits pains semblaient m'attendre. J'étais content. La télé était encore allumée, une femme, les yeux maquillés de bleu électrique derrière une frange figée, se débattait pour enfiler une robe en strass. Elle discutait sur son portable avec une Mariana à qui elle expliquait que Toni avait essayé de l'embrasser, je te le jure ! elle répétait, en tirant sur sa manche, le téléphone calé entre l'oreille et l'épaule. Je dévorais mon petit pain que je trempais dans le café, ça laissait des petites bulles grasses à la surface, des miettes aussi. Le deuxième pain, je l'ai mangé comme une soupe, il s'était décomposé dans la tasse. Goût de caramel. J'ai pensé à Gastón, à ses vieux cartons écrasés et à ses dents cassées. C'était peut-être ça, les dents du bonheur, quelque chose de pété, va savoir.

Le générique du feuilleton s'est mis à défiler avec une tonne de noms et une chanson d'amour qui ne donnait pas trop envie d'amour.

— ¿ *Señora Veranda ?* a demandé un homme derrière les barreaux de la fenêtre.

J'ai sursauté. Je n'avais aucune idée de l'endroit où elle était.

— Elle n'est pas là, j'ai répondu gêné.

— Tu pourras lui dire qu'il y a une commande pour les cercueils ? Deux. Des pas chers. Surtout dis-lui qu'il en faut un spécial pour un gros macchabée. On passera ce soir.

— D'accord.

Le type n'avait pas eu l'air étonné de ma présence, il était reparti à vélo, dans un raclement infernal des pédales contre le pare-chaîne. Je me suis levé, envie de faire un tour dans la maison. Toutes les pièces donnaient sur la cour intérieure et, à part la cuisine et la chambre d'Ariana – je reconnaissais sa minijupe et ses chaussures à talons jetées dans un coin –, elles ne communiquaient pas entre elles. Dans chacune, un grand matelas à même le sol, un lavabo et un fauteuil. De l'autre côté de la cour se trouvaient l'entrepôt des cercueils où j'avais dormi et un hangar avec tout un tas de barres de métal et d'objets en fer forgé. Dans la cour, sur un câble tendu d'un arbre mort à un crochet dans le mur, du linge blanc séchait – des serviettes, des taies d'oreillers, des torchons – et, tout au bout, des strings noirs.

Ma capsule porte-bonheur ! Qu'est-ce que j'en avais fait ? J'ai couru vers la bassine et j'ai plongé mes mains dans l'eau savonneuse. Elle était là, dans la poche de mon pantalon, avec la paire de ciseaux et mon petit drapeau argentin. J'ai tout glissé dans la poche de mon short et je suis allé chercher mes sandales. Pour sortir dans la rue, il fallait que je retrouve le passage par la mercerie. Au fond de la cuisine, de grands cahiers à spirale étaient posés sur un baby-foot retourné, la tête des petits footballeurs plaquée au sol. À l'envers…, j'ai pensé à haute voix. Le monde à l'envers… Et j'ai éclaté de rire. Oui, c'était bien ça, quelque chose ne tournait pas rond. Il faut que je remette les choses en ordre, je me suis dit. Une voiture se répare, un rhume se guérit, une mère se retrouve, c'est forcé.

La mercerie se cachait derrière un rideau de porte à lanières multicolores. Pas âme qui vive. Un relent de bois sec et de talc m'a pris à la gorge. À travers la vitrine, de l'autre côté de la rue, je pouvais voir Ariana. Elle discutait avec le boucher. Sur son tablier blanc, des traces de sang en diagonales tirant sur le marron. Je me suis approché de la porte entrouverte, Ariana faisait comme si elle ne me voyait pas, je suis allé vers elle, je lui ai transmis le message pour les cercueils en ajoutant :

— Sinon, tu sais où elle est, la fille aux longs cheveux noirs, celle qui est plus jeune que les autres ?

— Anita, tu veux dire, ma petite fille ?

— Non, pas elle, la jeune dame avec les très longs cheveux.

Elle a retenu un sourire, en plissant les yeux. Le soleil commençait à taper très fort.

— Tu parles de Solana ? Elle n'est pas là. La journée, elle étudie. Elle devrait rentrer en milieu d'après-midi. Si tu veux l'attendre, tu peux la guetter rue California. Mais, là… c'est trop tôt.

Je me suis retourné pour partir, elle m'a rattrapé par le bas de la chemise.

— Toi, Lucio, tu reviens avant la nuit. Ou tu ne reviens pas ! Compris ? Je ne veux pas d'histoires ici.

Le boucher était rentré dans sa boutique. Avec un fendoir, il raclait les mouches agglutinées sur ses steaks et aussi sur d'immenses langues de bœuf. Je détestais la viande. À cause du sang. Ma mère, je lui avais fait croire longtemps que je mangeais la viande qu'elle me servait. Je mettais les morceaux dans ma bouche, puis je faisais semblant de m'essuyer en les recrachant discrètement dans ma serviette. Après, c'était facile, je me levais de table à la fin du dessert pour aller me laver les mains, en emportant ma serviette bien sûr, je jetais tout ça dans les toilettes et, hop, je tirais la chasse. Seulement, un jour, c'était l'anniversaire de ma tante Mathilde et ça ne s'était pas passé comme prévu.

Dans mon assiette, des tranches de rôti, saignantes, énormes. Mes bouchées s'amoncelaient dans ma serviette. On venait de terminer le fromage, ma mère m'avait demandé :

— Lucien, récite-nous un poème pour l'anniversaire de Mathilde. Le dernier que tu as appris à l'école.

Je m'étais levé en faisant attention à poser délicatement ma serviette pleine de viande sur ma chaise et je m'étais dirigé vers le milieu de la pièce, tout raide, les bras tendus le long de mes cuisses :

— *Tu peux jouer au caillou :*
Il suffit de ne pas bouger,
Très longtemps, très longtemps.
Tu peux jouer à l'hirondelle[1]*...*

Ma mère regardait par la fenêtre, elle ne m'écoutait pas, elle s'en fichait et tout commençait à s'embrouiller dans ma tête.

— *Tu peux... jouer à la rivière...*
Il suffit de pleurer[2]*...*

Mon cœur battait très fort, et les mots, je ne les trouvais plus. Je visualisais la page de mon cahier, mon dessin à gauche, le texte à droite, mon écriture pas toujours très appliquée, les lignes de plus en plus confuses, impossible de déchiffrer les lettres, tout devenait flou.

— *Pas... tu peux...*

D'un seul coup, elle s'était retournée :

— Lucien ! C'est infernal que tu ne sois même pas capable de réciter un poème, un tout petit poème de rien du tout ! Juste quelques mots mis les uns derrière les autres ! C'est minable, tu es totalement incapable

---

1. « Poème pour un enfant lointain », in Alain Bosquet, *Le cheval applaudit : poèmes pour les enfants*, © Éditions de l'Atelier/Ouvrières, 1977.
2. *Ibid.*

de retenir des phrases toutes simples. Tu es nul. Tu me fais honte.

Elle me regardait droit dans les yeux, mais c'était comme si elle regardait à travers moi. Au-delà, plus loin. Mes larmes coulaient, j'aurais voulu mourir, c'était vrai que j'étais nul, je n'arriverais jamais à rien, j'aurais tellement voulu lui faire plaisir. Ma tante s'était levée, elle m'avait pris par l'épaule, mais si, il est mignon, ton Lucien, elle avait murmuré, tu exagères, Violette. En me rasseyant, j'avais attrapé machinalement ma serviette, pour essuyer mes yeux, et là, tous les morceaux de viande étaient tombés sur mes chaussures. Un ami de ma tante avait essayé de tout pousser sous la table du bout de ses mocassins, mais, comme j'étais devenu tout rouge, ma mère s'était approchée.

— Lucien, tu es un porc. Fiche-moi le camp, je ne veux plus te voir.

Elle n'avait même pas haussé le ton. Sa voix était neutre, glaçante. J'étais parti au bout du long couloir de l'appartement de Mathilde, jusqu'à la porte des toilettes, et je m'étais assis par terre, en sanglotant, sur la moquette toute râpée. Là, j'avais mis ma tête entre mes jambes et, avec mes genoux, je m'étais donné de grands coups sur les tempes. Sans faire de bruit.

12

Rue California, un homme fatigué passait et repassait devant le banc sur lequel j'attendais à califourchon. Un banc cabossé avec des restes de peinture écaillée. Buste penché en arrière, mains pendantes, genoux fléchis, c'était comme s'il avançait en position assise. J'avais déjà vu des vieux comme ça, tellement fatigués qu'ils commençaient à tomber à genoux, au ralenti. Quand ils touchaient le sol, c'était qu'ils étaient morts.

— ¡ *Epa !* Lucio ! Qu'est-ce que tu fiches là ?

C'était elle, Solana. Elle portait un jean, une chemise un peu transparente et un débardeur blanc dessous. Elle a posé son sac sur le banc et s'est assise en face de moi, à califourchon elle aussi.

— Je t'attendais.

— Hmm, comment as-tu su que je passerais par ici ?

Ses cheveux descendaient le long de son cou et disparaissaient dans son dos, on aurait dit qu'ils étaient mouillés tellement ils brillaient. Un toboggan de cheveux. J'aurais aimé rétrécir, devenir minuscule et me laisser glisser dedans en fermant les yeux.

— Je voulais juste te voir. Ariana m'a dit que tu rentrerais de l'école par cette rue.

— Bonhomme, tu crois vraiment qu'une femme comme moi va encore à l'école ? C'est de l'art que j'étudie. Un jour, je serai un grand sculpteur. Je serai connue dans le monde entier. Hmm, oui, c'est ça. Dans le monde entier. Regarde-moi bien, parce que bientôt je serai loin de tout ça.

Une ombre triste était passée dans ses yeux en disant *tout ça*.

— Moi non plus je vais pas à l'école. En fait, j'y vais plus. Pourtant, j'aime bien l'école.

— Et pourquoi t'y vas plus ? Qu'est-ce qui t'est arrivé ?

On s'était levés et je portais son sac en marchant à côté d'elle. Elle n'était pas si grande que ça, le haut de mon front arrivait à son épaule, bientôt, je la dépasserais. Ma mère m'avait appris à être galant, elle m'avait expliqué que les femmes étaient comme des oiseaux, qu'il ne fallait surtout pas les laisser porter du poids. Elle disait que plus les oiseaux étaient légers, plus ils volaient haut, et que, là-haut, ils étaient enfin libres, hors de danger. Alors, quand je voyais une femme porter un gros sac ou une valise, j'avais peur pour elle. Peur qu'elle ne tombe comme un oiseau à bout de force, un oiseau couché dans l'herbe ou dans un caniveau. Mort.

Le sac de Solana tapait contre ma jambe, je n'arrêtais

pas d'en remonter la bandoulière sur mon épaule. J'écoutais ses pieds qui glissaient sur le trottoir. Un bâtiment a caché le soleil, j'ai pensé : Si tu réussis à tenir sans respirer jusqu'à la fin de l'ombre sur le trottoir, t'es sauvé. Au même moment, elle m'a demandé :

— T'as plus de parents, Lucio ?

Quand on est arrivés, les autres filles étaient déjà toutes là. Elles s'agitaient dans tous les sens, allaient et venaient de la cour à leur chambre. À tour de rôle, elles buvaient un maté qu'elles se passaient en y reversant de l'eau chaude. Anita regardait la télévision. Dans l'entrepôt des cercueils, deux types clouaient des planches en écoutant la radio. J'ai suivi Solana dans sa chambre. Devant un petit miroir cloué au mur, elle s'est maquillée. Rouge brillant sur la bouche, doré à paillettes sur les paupières. Autour et à l'intérieur de l'œil, du crayon noir. Elle appuyait si fort que j'avais peur que sa peau finisse par se déchirer. Toutes les filles de la maison se faisaient belles. Belles fluo. Elles envoyaient balader leurs tennis et leurs tongs dans des penderies en tissu qu'elles refermaient d'un coup de fermeture Éclair. Quand elles avaient fini de se changer, elles glissaient leurs pieds, avec leurs ongles vernis, dans des escarpins à talons aiguilles ou dans des bottes qui montaient très haut sur leurs cuisses.

— Lucio, *mimoso*, tu peux me passer la robe là-bas, hmm, celle avec la grosse ceinture ? Oui, la verte là. Maintenant, file.

Solana me parlait sur un autre ton maintenant,

toujours avec des interjections par-ci par-là. Ça me plaisait bien. Quelque chose de nouveau et d'interdit.

— Tu vas sortir ? j'ai demandé.
— Hmm, un peu, oui !
— Avec les autres ?
— Avec les autres.
— Tu reviendras quand ?
— Ici et là.
— C'est quoi, ici et là ?
— C'est ici et là. Point.

Des réponses d'adulte auxquelles je ne comprenais décidément rien. Je détestais être un enfant. Ariana m'a appelé de la cuisine.

— Lucio ! Si tu as faim, viens manger !

Une odeur de soupe brûlée s'échappait de la casserole qu'elle tenait à la main.

— Je vois que tu l'as trouvée, ta Solana. Il va pas falloir non plus que tu la colles trop ! Depuis que je t'ai ramassé, je ne t'ai rien demandé, mais, au fond, je ne sais pas ce que tu traficotes. Je veux bien te loger et te nourrir à l'œil quelque temps, si toi tu respectes les règles de cette maison et surtout si tu la boucles, compris ? C'est donnant-donnant. Allez, tends-moi ton assiette.

Anita était venue placer sa chaise contre la mienne. On a bu notre soupe sans se regarder, côte à côte, tous les deux seuls dans la grande pièce. J'étais mal à l'aise, Solana allait sortir, Ariana ajustait sa minijupe argentée sur ses cuisses en se regardant dans un miroir fumé et j'entendais les filles qui quittaient la maison en claquant une porte au fond de la cour. Il était temps que je devienne un homme.

Au début, j'avais cru que ces femmes étaient toutes de la même famille et qu'Ariana était leur tante ou quelque chose comme ça. Mais, chaque soir, toutes revenaient avec des hommes qui repartaient ensuite sans elles. Ça n'arrêtait pas. Jusqu'à l'aube. Pendant qu'Anita et moi, on dormait dans nos cercueils. Quand on y arrivait.

Solana faisait comme les autres et, malgré tous les hommes qui passaient dans son lit, je m'attachais à elle. J'aimais sa voix cassée, sa peau comme la mienne, mélangée, son odeur de pain d'épice. Elle était calme et douce. Presque tous les jours, je l'accompagnais à l'atelier où elle apprenait l'art, je marchais à côté d'elle, parfois on se cognait l'un contre l'autre, ça me faisait tourner la tête. Elle me racontait comment elle s'était mise à dessiner et les projets qu'elle avait. Je l'écoutais sans dire un mot.

— Tu sais, dessiner, on peut tous le faire. Plus ou moins bien. Mais au bout du compte, c'est ce que tu mets dedans qui est important. Moi, j'ai envie que mes dessins, on puisse les toucher. Qu'on les voie même les yeux fermés.

Je ne comprenais pas très bien, j'imaginais des montagnes qui sortaient d'un dessin, avec des nuages en coton et plein de bouts de ficelle pour faire la pluie. Ma vie se remplissait de formes, de couleurs. Je ne pensais qu'à ça. J'étais sûr qu'un jour Solana serait célèbre et qu'elle m'emmènerait à travers le monde avec elle. Que tout changerait, pour elle, pour moi. Parfois, elle montrait ma tête du doigt et me balançait :

— Hmm, mais bon sang, il y a quelque chose là-dedans ?

Je n'avais pas envie de parler. Juste envie de me laisser bercer par tout ce qu'elle me racontait. Qu'elle pense que je ne comprenais rien ou que j'étais stupide, je m'en fichais. Ce que je voulais, c'était qu'elle continue à m'emmener avec elle, que ça ne s'arrête jamais.

— Si on mangeait ensemble ce soir ? Tous les deux, sans les autres ? elle m'a dit, comme ça, un après-midi. La patronne, pour une fois, elle se passera de moi. Toi et moi, on n'a qu'à se faire ce cadeau.

Je ne sais pas pourquoi, mais je me suis mis à penser à notre petit appartement à moi et à ma mère en France. La fenêtre de ma chambre donnait sur la cour, j'aimais me cacher derrière le rideau et observer en cachette les gens de l'immeuble d'en face. Seulement là, il devait être sombre et froid. Avec juste un filet de lumière entre les volets, qui fouillait le parquet comme pour transpercer le plafond.

— ¡ *Dale !* j'ai dit. Allez !

Elle a souri et on est sortis de l'atelier où on traînait souvent après ses cours.

— Là où je t'emmène, ils font les meilleures empanadas du monde.

13

Le bouiboui ne payait pas de mine, c'était une sorte d'échoppe au coin d'une rue en travaux, avec quelques tables dehors, à deux pas du port de La Boca. Au bout de la rue, on apercevait des grues, un hangar, la poupe et la cheminée d'un navire. Peut-être la carcasse rouillée du cargo fantôme que j'avais longée avant de rencontrer Ariana la première fois. L'eau sombre et grasse sur laquelle il reposait le rendait encore plus inquiétant. Comme personne ne venait prendre la commande, Solana s'est levée. Une femme pâle en robe vert pomme est apparue derrière un présentoir. Solana a pointé différents chaussons fourrés, à la viande, au fromage, au maïs. La patronne a donné un coup de menton dans ma direction. De là où je me trouvais, je ne pouvais rien entendre, alors, en attendant que Solana revienne, j'ai fermé les yeux en inspirant à fond. L'odeur de l'été se mêlait aux gaz des pots d'échappement, une poussière fine, presque sucrée, me chatouillait les narines, je n'avais jamais été aussi heureux.

— Elle croit que tu es mon petit frère, c'est drôle, non ?

Solana s'était rassise et cherchait quelque chose dans son sac.

— Non, c'est pas drôle, t'es pas ma sœur.

— Ne le prends pas comme ça, je trouve ça plutôt chouette.

— C'est pas chouette.

On est restés silencieux jusqu'à ce qu'on vienne nous servir. Les empanadas étaient pleines de farce, d'oignon, de blanc d'œuf. Je mangeais si vite que les bouchées tombaient toutes rondes dans ma gorge. J'en étais à ma troisième empanada, quand quelque chose dans sa façon de planter ses dents dans la nourriture et de jouer avec les petits morceaux qu'elle gardait longtemps dans la bouche m'a soudain coupé l'appétit. Ses incisives grattouillaient la pâte dorée, la chatouillaient. Je trouvais ça répugnant.

— Hmm, tu ne manges plus ? elle a demandé en s'essuyant le coin de la bouche avec son pouce.

— Et toi, tu fais quoi ? j'ai répondu brutalement.

— Ben dis donc, t'es de mauvais poil ou quoi ? Ne me parle pas sur ce ton, morveux.

Une voiture de policiers a freiné sans bruit. Les types riaient, l'un d'eux est entré dans le bouiboui. Solana m'observait en froissant ses lèvres. Ça lui faisait une bouche de vieille. Méchante, laide.

— Lucio, qu'est-ce qui t'arrive ? Tu n'en veux plus ? Bon, alors on va mettre le reste dans un sac et le rapporter avec nous.

Elle s'est levée. Je ne me sentais pas bien, il fallait absolument que je me calme. Je ne comprenais pas ce qui venait de m'arriver. J'ai respiré doucement, en regardant le haut des arbres. Derrière le feuillage, la fin du jour éclairait encore le ciel. Progressivement, les réverbères se sont allumés. Solana est revenue, un sac en papier avec les restes à la main.

— Allez, viens.

J'ai arraché une poignée de fleurs de jasmin qui dépassaient d'une grille et j'ai soufflé dedans, vers elle. Pour être gentil. Quelques pétales se sont accrochés à ses cheveux, elle continuait d'avancer, toute droite, sans me regarder. Un pétale est tombé dans son débardeur, entre ses seins, elle a frissonné. Au même moment, un type nous a dépassés en lui donnant une tape sur la fesse. J'aurais pu le tuer. En un rien de temps, on est rentrés.

14

— Bon sang ! Vous étiez où, nom de Dieu ? T'as perdu la tête, ma fille ! Guzmán, le *Tío* Coco et encore d'autres t'ont attendue, idiote. File t'habiller ! Et toi, tu restes là, abruti !

Il faisait nuit. Ariana était tellement en colère que ça lui faisait des plaques rouges dans le cou.

— Tu ne voudrais pas nous laisser vivre un peu, l'a envoyée balader Solana, en jetant le sac d'empanadas sur la table de la cuisine. Je ne suis quand même pas la seule ici ! Et si je mourais ? Ou que je me barrais ? Les autres n'auraient plus qu'à ! J'ai quand même le droit d'avoir envie d'autre chose. Juste une fois ! Ça peut arriver, non ? T'es pas une geôlière, que je sache !

Geôlière ? C'est quoi ça ? je me suis demandé en regardant par terre. J'aurais voulu disparaître.

— Va te changer, Solana. Je préfère qu'on en reste là et tu sais pourquoi. Coco tient à ce que ce soit toi, ce n'est pas nouveau et c'est comme ça. Il est parti boire un verre à *La Lanterna* et il revient dans pas longtemps. Mets les turbos !

Solana a soupiré. Ses yeux se sont embués, on aurait dit qu'ils se décoloraient. Elle m'a fixé avec son regard triste et gris, comme lorsqu'il va pleuvoir. J'ai voulu la suivre, elle m'a gentiment repoussé.

— Allez, Lucio, sois sage, va plus loin.

Je n'ai rien dit. Il n'y avait rien à dire. J'ai sauté les deux marches qui descendaient de la cuisine vers la cour. Une feuille de papier rose déchirée et un grand nœud jaune traînaient sur le sol. Anita était assise en tailleur, un paquet entre les mains. Elle le secouait en marmonnant : Qu'y a là-d'dans ? Qu'est-ce qu'il m'a apporté, le *Tío* Coco ? Je n'avais pas envie qu'elle s'agrippe à moi ou quelque chose comme ça. J'ai vite traversé la cour, un, deux, trois, comme avec des bottes de sept lieues, direction l'entrepôt. Les trois grands cercueils accrochés au mur du fond avaient été déplacés, le mien était à sa place, nickel, avec des draps bordés dedans et un petit oreiller. Comme celui d'Anita. C'était tous les jours comme ça. Ordre et propreté, exigeait Ariana qui s'occupait de nos drôles de lits et de nos vêtements comme une vraie maman, sinon tout part à vau-l'eau. Je me suis allongé, les mains sous la tête. Accrochés aux poutres, des bouquets de fleurs séchées, des cordelettes noires, beiges, des oignons en bottes, des crucifix. Et sur les étagères d'une bibliothèque branlante qui menaçait mon petit cercueil, des tas de paires de chaussures, ficelées par de grands élastiques, des espadrilles peut-être.

J'avais dû m'endormir, parce qu'en rouvrant les yeux tout était sombre. Anita n'était pas dans son lit. Je me sentais très seul. Je me suis glissé dehors. Dans les chambres qui donnaient sur la cour, des lumières vacillantes, peut-être des bougies. Il faisait frais. J'inspirais l'air mouillé et recrachais les cheveux qui tombaient sur ma figure et se collaient à mes lèvres. Dans le ciel, des étoiles en œil de sorcière. Un peu plus loin, des soupirs se répondaient, étranges, des grognements, des souffles, sales. Je me suis approché d'une des chambres. Derrière un rideau de porte à motifs, quartiers d'orange et de citron, deux ombres bougeaient dans le fond de la pièce. Une gymnastique à deux. Ça me tournait la tête. De dégoût. De plaisir. Soudain, le gargouillis d'un filet d'eau a attiré mon attention.

15

Dans l'ombre, quelqu'un se déplaçait, se baissait, se redressait. Je me suis approché, sur la pointe des pieds, prêt à déguerpir. L'eau résonnait maintenant dans un récipient. Effluves de savon. De propre. Une femme balançait ses cheveux, à droite, à gauche, légèrement penchée en avant. Solana, dans le noir, à moitié nue.

— Dis donc toi, là, dans mon dos, qu'est-ce que tu fabriques ?

Puis, de biais, en m'examinant :

— Ah, c'est toi Lucky. Tu veux bien que je t'appelle Lucky ? J'ai trouvé ça tout à l'heure, entre deux. Lucky, ça te va bien, je trouve.

Sa voix était douce, elle chuchotait. Il fallait tendre l'oreille.

— Tu ne dis rien ? Bon, allez, va m'attendre dans ma chambre si tu veux. Sagement.

La serviette autour de sa taille s'est détachée. Elle l'a rattrapée à temps, les mains pleines de mousse.

— Je vais me faire toute propre, et après on fera un gros dodo.

Un bruit de moteur a brisé le silence, des voix ont surgi de derrière le mur, puis la rue s'est rendormie. En retraversant la cour obscure, je me suis enfoncé dans un drap humide qui séchait sur le fil. Elle m'a rejoint en murmurant, viens, Lucky, viens dormir, sa main a enveloppé la mienne, fraîche sur le brûlant de mes doigts. Je flottais au-dessus du sol, je glissais en l'air tel un cerf-volant. Ses pas faisaient un bruit de papier froissé et de ses cheveux s'échappait un parfum de poivre et de cardamome. J'ai fermé les yeux, le plaisir juste avant d'aller se coucher.

On est entrés dans son lit comme dans un bain chaud. La pointe des pieds d'abord, puis lentement jusqu'à la taille, et enfin, d'un coup, jusque sous le menton. Le meilleur était pour la fin, la tête qui s'enfonce dans l'oreiller. Excepté qu'il n'y avait pas d'oreiller, juste deux coussins en satin.

On était allongés côte à côte sous le grand drap froissé. Sa main était enfouie dans ma tignasse qu'elle essayait de démêler, ça tirait, j'avais les larmes aux yeux et, en même temps, ça me tire-bouchonnait le ventre, j'aimais ça. Du bout de ses orteils, elle me caressait le mollet et reniflait parfois, elle avait dû s'enrhumer. Au bout d'un moment, elle s'est endormie, je la regardais, elle ronflottait. Elle était en culotte. En voulant changer de position, ma main s'est appuyée sur son ventre. Je l'ai laissée là. Il y a eu un gargouillis. Elle s'est recroquevillée contre moi. J'ai tourné la tête, mon nez s'est enfoui dans son odeur.

Je commençais à m'endormir, elle a attrapé ma main et l'a glissée dans sa culotte en ondulant du sexe. Je mourais de peur. Dedans, c'était comme la mousse au pied des arbres, doux et humide. Tout s'embrouillait, à la fois envie de vomir et de rester là, sans bouger. Je faisais quelque chose de défendu, je nageais entre deux eaux. Impossible de résister.

Solana a attrapé mon visage du bout des doigts, j'ai entrouvert les yeux, elle m'a attiré à elle, ses lèvres se sont écartées, je ne savais pas quoi faire, en forçant un peu, sa langue est entrée dans ma bouche, elle a attrapé la mienne et s'est enroulée autour d'elle. J'ai explosé. Dans la pénombre, la table s'envolait, les sandales de Solana tournoyaient dans les airs, son sac à bandoulière se vidait en tapant contre les murs. Je jouissais. Quand je l'ai regardée à nouveau, ses traits avaient changé, ce n'était plus son visage, mais celui de ma mère. J'étais foudroyé.

— Pousse-toi ! Va-t'en ! j'ai crié en essayant de me dégager.

— Lucky, qu'est-ce qui se passe ? elle a dit doucement. Viens, là…

Ses bras m'entouraient. Me retenaient.

— Laisse-moi !

Je me débattais.

— Laisse-moi ! Ne me touche pas, maman !

— Mais ! Je ne suis pas ta mère ! Qu'est-ce qui t'arrive ? Je suis Solana.

Elle a pris mon visage, l'a tourné vers le sien.

— Regarde-moi !

J'étais au bord de l'évanouissement, tout se défaisait en moi, je ne tournais pas rond. Peut-être que je devenais fou.

— Calme-toi. Ça va s'arranger, ne t'inquiète pas, elle murmurait en me tapotant le front et les tempes avec un coton imbibé d'eau de Cologne. Lucky, tu veux me raconter ?

Quand elle parlait, par moments, ça lui faisait un double menton et un cou trop court aussi. Solana n'était peut-être pas si belle que ça finalement. Je ne savais plus quoi penser. Je revoyais ma mère dans notre salle de bains, les mains posées sur le lavabo quand elle regardait l'eau couler. Je lui disais : Maman, tu fais quoi ? Et il ne se passait rien. À part le bruit de l'eau qui coulait dans le lavabo. Parfois, je m'accrochais à sa taille, je la serrais, j'attendais qu'elle réagisse. C'était si long que je finissais par glisser doucement et par m'endormir à ses pieds. Je me réveillais bien plus tard sur le tapis de bain qui sentait l'eau de Javel. Tout seul.

À Solana, j'aurais pu lui raconter ma mère dans la librairie. Ma mère quand je l'avais perdue. Je l'ai regardée. J'ai pensé que je l'aimais. Plus que Mathilde, ma tante, plus que tout le monde. Ma vie commençait avec elle.

— Tu me diras un jour ? D'accord, Lucky ?

— D'accord, j'ai répondu, tandis qu'Ariana apparaissait dans l'encadrement de la porte.

— D'accord quoi ? elle a lancé, contrariée.
— Euh… rien, j'ai bredouillé.
— Comment ça, rien ? Mais qu'est-ce que vous faites ? Tu es devenue complètement folle, ma fille. Ce n'est qu'un gamin ! Un mineur ! Et puis, on ne sait même pas d'où il sort, va savoir les soucis qu'il peut nous attirer. Tu te rends compte de ce que tu fais ? Et puis, ici, c'est chez moi et ce qui se passe dans chaque pièce m'appartient. C'est moi qui contrôle et c'est moi qui décide. Alors, pas de ça ici ! Et ça, c'est tout ce qui est contraire au fonctionnement de l'espace qui va de la porte de la mercerie à chacune de vos chambres. Compris ?

Solana grattait une peau morte au coin de son ongle. Excédée, elle a brusquement tiré dessus en faisant la grimace, puis elle s'est levée, a glissé ses pieds dans des tongs en éponge et a suivi Ariana. Le jour commençait à se lever. Orangé. Une voix de femme, enveloppante, s'échappait du poste de radio posé sur une chaise. C'était une vieille chanson, douloureuse, *black bodies swinging in the southern breeze, strange fruit hanging from the poplar trees*[1]… Une chanson inquiétante.

Quand je suis passé par la cuisine pour sortir dans la rue, les deux femmes discutaient, ça avait l'air d'aller,

---

1. « Des corps noirs qui se balancent dans la brise du sud / Un fruit étrange suspendu aux peupliers… », *Strange Fruit*, Billie Holiday. Paroles et musique : Lewis Allan. © 1957 Edward B. Marks Music Co. Avec l'aimable autorisation d'Universal Music Publishing et d'Edward B. Marks Music Co.

elles s'étaient servi du café dans des verres. Solana y versait du lait concentré en agitant légèrement sa cuiller, qu'elle a ensuite léchée de sa langue pointue, sans me regarder. Anita était accroupie sous la table, elle dodelinait de la tête. En m'éloignant, je les ai entendues qui riaient. Elles pouffaient comme ma mère et son amie My Châu, lorsqu'elles étaient défoncées et que j'avais l'impression qu'elles se moquaient de moi. En réalité, elles s'en foutaient. De moi et du reste. Je n'existais pas. Étendue par terre, ma mère gloussait en repoussant négligemment ses fioles sous notre mini-canapé, son lit, qu'elle n'ouvrirait certainement pas pour se coucher, vu son état. Quand My Châu serait partie, elle viendrait alors s'étendre à côté de moi, tout habillée. Et moi, je n'aurais plus qu'à aller me recroqueviller sur le canapé. Ma mère, c'était une reine folle.

16

Je me promenais les mains dans mon short. Du bout des doigts, j'appuyais sur mon ventre comme sur des touches d'ordinateur. La ville était calme. Il était encore très tôt, mais il faisait déjà chaud. Derrière les grilles d'un parc, un type s'adressait à un groupe de femmes. Elles avaient les mains sur les hanches et l'écoutaient, la tête légèrement penchée.

— Maintenant qu'on s'est débarrassés du nuisible, va falloir que ça change, parce que moi, avec tout ça, j'ai pas rentré un peso depuis Noël. Et le peu de fric que j'avais à la banque, ils me l'ont pris, ces salauds. Comme aux autres ! Résultat, les parents cette année m'ont pas amené leurs mioches. J'ai passé une semaine à attendre comme un imbécile sous mon déguisement de père Noël et à suer mes bières sous ma barbe synthétique. Si un truc pareil se répète, papa Noël va finir par se faire sauter le caisson !

— Fernando ! Va peut-être falloir que tu fasses autre chose pour gagner ta vie que le père Noël et le marchand de glaces hawaïennes, lui a lancé une grosse en bermuda, les cheveux filasse enroulés en macaron sur le haut de la tête. À toi de te bouger!

— Ah ben ça, c'est le comble! a gueulé le type. Si les mégères s'y mettent maintenant…

Les quatre femmes l'ont ensuite traité de raté et de vieux zèbre en riant. J'ai repris ma route en longeant le caniveau. Un filet d'eau grise transportait des baies bleutées que j'écrasais en avançant. Ça se mélangeait comme de la peinture qui virait au violet. C'était beau. Je me suis assis sur le bord du trottoir pour attraper les petits fruits et les éclater entre les doigts. Ils claquaient, giclaient, collaient, je m'essuyais les mains sur le béton, sur mes mollets aussi. Un avion est passé à basse altitude, on aurait dit qu'il allait atterrir au milieu de la ville. Je suivais la traînée blanche qu'il laissait dans le ciel, comme une trace de craie qui s'effaçait peu à peu derrière les immeubles, réapparaissait, disparaissait encore, jusqu'à ce que je la perde totalement de vue.

— Eh le mioche! Viens par là.

Deux ados, sweat-shirts XXL et bonnets de laine enfoncés jusqu'aux sourcils, m'appelaient de l'entrée d'un immeuble délabré. Je me suis approché.

— Tu veux gagner trente pesos?

L'un m'observait en se mordillant les lèvres, l'autre avait planté son regard dans le mien, comme s'il me tenait en laisse, il m'attirait à lui par à-coups, pas vraiment méchamment, me traitait de crétin, de mollusque. Je ne disais rien. Il me mettait mal à l'aise, mais j'ai pensé, trente pesos, c'est pas rien, je pourrais faire plein de choses avec. Je n'avais jamais gagné un centime de ma vie.

— *La puta madre,* tu réponds, p'tit merdeux, parce que sinon tu dégages !

— Oui, je veux bien, j'ai dit d'une voix d'abruti.

— Putain, a soufflé l'autre en regardant son copain, il est débile, ce gosse, il va nous merder l'truc.

— Justement non, c'est parfait.

Tout ça ne présageait rien de bon. J'écoutais quand même les explications des deux garçons.

— Tu vois la maison jaune avec l'arbre qui pousse dedans ? Tu y vas, tu t'accroupis, en fouillant dans les feuillages tu vas trouver un trou. Tu t'glisses dedans, tu rampes, c'est sombre, mais t'as pas à avoir peur, au bout, un type t'attend, tu lui dis *pájaro bobo,* oui, manchot, comme le pingouin, et il te donnera un p'tit paquet. Tu nous l'rapportes vite fait et nous on te donne tes trente pesos. Tu vois, c'est simple. ¿ *Dale ?*

— *Dale,* oui, oui, d'accord, j'y vais, j'ai répondu en fixant le poignet plein de bleus du plus grand. Ses ongles, on aurait dit de la pâte à modeler grisâtre.

J'ai traversé la rue, puis j'ai suivi le trottoir d'en face, la maison jaune approchait, on aurait dit que l'arbre l'avait éclatée. Elle se fissurait de partout. Pour trouver le passage en écartant le lierre et les ronces avec l'une de mes sandales à la main, ça a été un jeu d'enfant. Ensuite, j'ai rampé dans le noir. Ça sentait la puce et le vin. J'essayais de ne pas penser aux vers de terre, aux araignées et aux souris. J'entendais comme un ronflement. Quand je me suis approché du bruit, il s'est arrêté net. Alors, le silence a rendu le noir encore plus noir, j'étais terrorisé, mais je ne pouvais ni faire demi-tour ni partir en courant. J'étais coincé. Un claquement de langue m'a fait sursauter.

— ¡ *Pa'quí !* a grogné une voix grasse.

— ¿ *Pa'quí ?* j'ai répété sans trop comprendre.

— ¡ *Pa'cá !* a repris la voix.

Une main de géant m'a relevé en me tirant par le bras, dans une odeur infecte de vieux fromage et d'excrément.

— ¿ *Pa'quién ?* a continué la voix.

Je ne comprenais rien. Le type se tenait derrière moi et m'empêchait de bouger. La pièce était presque vide sous un toit de branches et de feuillages.

— S'il vous plaît, j'ai dit, je veux sortir. Laissez-moi partir.

— ¿ *Quién ?* a encore rugi la voix dans mon oreille avec une haleine de chien malade. Tiens-toi tranquille ! Et dis-moi qui t'envoie.

— Deux types dans la rue, ils m'ont promis trente pesos contre un paquet.

Mais impossible de retrouver la formule. Je cherchais désespérément, rien à faire. Une perruche a poussé un cri au-dessus des branchages. Un oiseau...

— ¡ *Pájaro bobo !* j'ai dit d'un coup.

Après avoir déplacé des bocaux, il est revenu vers moi, m'a glissé un paquet de la taille d'un sac de chips dans le short, un paquet chaud et mou.

— *Y tené cuidado*, il a bougonné d'une voix subitement affable en me repoussant vers le passage que je n'arrivais pas à retrouver. Fais attention au sachet ! Et à toi aussi…

Je tâtonnais. Il ricanait. Alors, il m'a soulevé par la manche de mon tee-shirt, m'a poussé vers une porte en fer, je suis sorti sans me retourner et j'ai atterri dans une rue. Ce n'était pas celle par laquelle j'étais arrivé. Des chats feulaient sur un tas d'ordures. L'un d'entre eux a fait un bond, un morceau de viande entre les dents, et s'est enfui en me frôlant. La chaleur était devenue humide, le ciel ocre se chargeait de nuages. Il fallait absolument que je retrouve les garçons. J'ai détalé, en donnant un grand coup de pied dans une cannette. Elle a tournoyé en glissant sur le bitume. Pas une voiture. Quand la cannette cognait le trottoir, je courais la faire valser à nouveau. Le claquement métallique résonnait entre les volets fermés. Une femme pressée, jeune par-derrière et vieille par-devant, m'a traité d'imbécile, la cannette venait de rebondir sur son mollet.

J'avais soif. Je rêvais d'une glace à l'eau. Mais ce n'était ni vraiment l'endroit ni le moment. Et puis, je n'avais pas un rond. Tout à l'heure peut-être. Avec trente pesos, je pourrais enfin m'acheter à manger. Il fallait que je retrouve les types. Je tapotais le drôle de paquet tout chaud coincé contre mon ventre. P'tit gros, j'suis un p'tit gros, je fredonnais en me faufilant entre les camionnettes et les voitures stationnées. La rue n'en finissait pas, je longeais un mur coiffé de fils de fer barbelés. Le sachet commençait à coller à ma peau, ramollissait, je l'ai pris sous mon bras. Un éclair long et gras a traversé le ciel. Des rayons de soleil déchiraient les nuages et recouvraient tantôt une façade, tantôt un toit. C'était comme s'ils y mettaient le feu. Puis, tout redevenait sombre. Ça tonnait. J'ai couru me réfugier sous un abribus couvert de tags. Le banc était défoncé, alors je me suis assis au bord du trottoir, le paquet posé à côté de moi. Je tripotais le goudron qui suintait. Sous la pression de mes doigts, il s'enfonçait, c'était bon et chaud. J'en détachais des morceaux pâteux que je malaxais et transformais en petits personnages – une tête, deux bras, deux jambes. En boulettes aussi. Un peu plus loin, à gauche d'une grande entrée, un hôpital peut-être, un homme très grand recouvrait des piles de cartons avec des bâches en plastique et des sacs-poubelle déchirés. J'ai pensé à Gastón, je me suis senti très seul.

L'orage a éclaté. Des gouttes, grosses comme des olives, rebondissaient dans tous les sens. Ça faisait un bruit d'enfer. Je me suis blotti contre les parois de l'abribus et j'ai attendu que ça se calme.

Un moment plus tard, j'ai agrippé mon paquet poisseux et je me suis mis à courir en sautant dans les flaques, à toute vitesse, *une souris verte, qui courait dans l'herbe… je la mets dans un tiroir*, je m'emmêlais les pinceaux, *ces messieurs me disent,* je m'essoufflais, *trempez-la dans l'huile… ça fera un escargot tout chaud…* Un escargot tout chaud ? Au bout du mur interminable, enfin un carrefour et, sur ma droite, la rue où j'avais laissé les garçons. Quelqu'un m'a poussé dans le dos en m'arrachant le paquet que je tenais coincé sous le bras. J'ai voulu tourner la tête, une gifle colossale m'a cloué sur place.

J'avais tellement mal que je n'arrivais même pas à pleurer. J'étais sonné. Une pluie fine continuait de tomber, les nuages finissaient de se vider et j'entendais maintenant un bourdonnement dans mon oreille. Je n'osais plus bouger, ma joue était en feu. Baiser, je m'étais fait baiser. Une voiture m'a éclaboussé. D'une eau marronnasse. Je ne savais même pas si c'était un des types de tout à l'heure qui avait récupéré le paquet. Ce que je savais, c'est que mes pesos, je pouvais les oublier. J'étais vraiment trop con.

La rue s'était remplie comme un bassin. Des gamins sont sortis de derrière des panneaux en bois, en slip, et se sont jetés dans l'eau foncée en hurlant de joie, comme dans une piscine. Ils m'ont fait signe. J'ai enlevé illico mon tee-shirt et mes sandales, je me suis mouché dans mes mains et je les ai rejoints. Direct. L'eau était bonne, un vrai bain. On en avait jusqu'aux cuisses. Ça sentait à la fois le goudron et la terre. Les gamins m'ont envoyé de l'eau et moi aussi en la faisant gicler avec le plat de la main. On rigolait en s'éclaboussant, quand une voiture arrivait, on s'alignait à toute vitesse en rang d'oignons au bord du trottoir. ¡ *Olé!* on criait, quand elle nous aspergeait.

Un bon moment après, claqué, j'ai fait la planche,

en étoile de mer. Mais un des gamins m'a appuyé sur la tête. Touché-coulé ! Il se tapait le ventre de rire. Vert de rage, je l'ai saisi par la ceinture, il s'est écrasé sur moi. J'ai crié parce que mon coude avait heurté le bitume, il a eu peur. ¿ *Qué pasa ?* il m'a lancé. Pourquoi t'as fait ça ? Ses yeux de mouche lui donnaient un air furieux. Les autres ont accouru et se sont groupés autour de lui. T'as un problème avec l'étranger ? ils lui ont demandé. Un roux avec une cicatrice rouge sur la joue s'est avancé vers moi, le front plissé.

— Qu'est-ce que t'as, *negro* ? Pourquoi t'as crié ?

J'ai plaqué mon avant-bras au-dessus de ma tête pour qu'il ne me cogne pas.

— Mais t'es taré ou quoi, j'vais pas te taper. On veut juste que tu te taises et que tu rameutes pas le quartier.

Il parlait d'une voix calme. Pour ne pas perdre la face, j'ai fait mine de regarder quelque chose de l'autre côté de la rue. À une fenêtre, une femme observait la scène, la tête légèrement penchée. Je n'arrivais pas à voir si elle était vieille ou jeune, tout ce que je sais, c'est que je ne pouvais pas détourner mon regard. J'ai pensé : Et si c'était elle ? Le roux était tout près de moi, il a voulu me prendre par l'épaule comme si on était de bons amis. Mon cœur tapait si fort que j'avais du mal à respirer. Et pourquoi ce serait pas elle ? j'ai murmuré en le repoussant. J'ai enfilé mes vêtements à toute vitesse et, sans adresser un mot à la bande, je me suis éloigné. Mes genoux creusaient l'eau de la rue. Avec mes bras, j'essayais de repousser l'air pour aller plus vite. Au pied de l'immeuble, un balai posé en travers maintenait la porte ouverte. Un escalier métallique, comme ajouté à côté de l'ascenseur, s'enfonçait dans le plafond. Je n'avais pas fait attention à l'étage où je l'avais vue. Je suis monté au deuxième étage, j'ai sonné. Des pas, des clés posées sur du verre qu'on attrapait près de la porte, le verrou qui claquait, je retenais ma respiration. Une femme, la cinquantaine, jupe droite stricte et chemise à manches longues remontées jusqu'aux coudes, a ouvert.

— Pardon, je me suis trompé, j'ai dit, paniqué.

Je dégoulinais, je n'avais pas eu le temps de sécher.

— Entre. C'est bien moi qui te regardais par la fenêtre. Je t'ai remarqué parce que tu es nouveau par ici. Dis-moi, qu'est-ce que tu fabriques avec cette bande de guignols ?

Sur le mur de son entrée, un vieux poster avec un homme en béret et son nom en trois lettres, *Che*. Comme cette expression qu'ils utilisent tout le temps ici, j'ai pensé. Elle m'a indiqué la cuisine, une toute petite cuisine rose délavé qui sentait le beignet. La table était collée à la fenêtre, de chaque côté un tabouret, elle m'a fait asseoir tout en ouvrant le réfrigérateur. Devant moi, elle a posé du fromage, de la pâte de coings et du jambon, puis, d'un sac en tissu accroché au mur, elle a sorti du pain. Je me suis jeté sur la nourriture sans dire un mot pendant qu'elle me versait du lait dans un gobelet et du café dans une tasse pour elle. Elle est restée debout pour boire, en regardant dans le vague. Entre deux gorgées, elle a soupiré.

J'avais terminé, l'air s'était rafraîchi et j'avais la chair de poule. Je n'osais pas me lever de table, j'attendais. Elle a fini par s'installer en face de moi et, en me tenant le poignet, elle a commencé à m'interroger. Je ne répondais pas. Dans ma famille, on disait : Les curieux, fuis-les, et toi, Lucien, ne dis jamais ce que tu sais. Mais qu'est-ce que je savais, moi ? Je me contentais juste de la boucler. Inutile de chercher à comprendre. Quand elle a arrêté de me saouler avec ses questions, je me suis levé, brusquement, et je me suis tiré. Sans un mot et sans la remercier. La porte est restée ouverte dans mon dos. Qu'est-ce qu'elle me voulait, celle-là ? Elle n'avait qu'à poser ses questions à d'autres. Ou dans le vide.

17

La journée tirait à sa fin. J'avais la tête pleine de tout ce qui s'était passé. Je revoyais les scènes comme dans un film. Oppressant. Une légère nappe de brouillard plombait les rues, les flaques obligeaient les gens à sauter ou à zigzaguer. J'avais le cafard. Je suis retourné chez les filles. La porte était ouverte. Comme toujours. Elles étaient sorties.

J'ai jeté un œil dans la cour, il y avait des tonnes de linge sur les fils, ça faisait des rideaux de draps décolorés. Je me suis jeté dedans, le linge se plaquait sur mon visage, je respirais l'odeur du propre, je m'enivrais, je me retrouvais, heureux d'être rentré. J'espérais juste qu'on ne m'engueulerait pas. Dans la cuisine, il restait des pâtes froides collées au fond d'une casserole rouge. Le rideau à lanières, entre la cuisine et la mercerie, a bougé. Y'a quelqu'un ? j'ai demandé. Pas de réponse. Quelque chose est tombé, ça s'est mis à gigoter, un rat peut-être, ou un chat, décidément, moi qui détestais les chats. J'ai crié : ¡ *La puta !* Tu vas avoir affaire à moi ! Et j'ai foncé dans les lanières en retenant ma respiration. Anita était accroupie à côté d'un petit tiroir déboîté qu'elle avait dû tirer trop fort, elle pissait sur les bobines de fil répandues sur le sol. Elle n'avait même pas retiré sa culotte et marmonnait en tapant sur le sol avec des bobines, seule dans cette drôle de boutique où personne n'entrait jamais pour acheter quoi que ce soit. Le rideau en croisillons métalliques était toujours descendu d'un tiers sur la vitrine. Au plafond, des rangées de rubans rouges et noirs suspendus à des ficelles et, le long du mur, des tiroirs carrés alignés comme un jeu de cubes. Je suis ressorti du côté de la cuisine, en laissant là Anita et ses bizarreries.

Dans la cour, j'ai envoyé mes sandales en l'air et, avec mes ongles, j'ai commencé à arracher les croûtes sur mes mollets couverts de boue, d'égratignures. Sous les écailles de sang séché, une peau rose toute neuve apparaissait. J'étais crasseux, alors j'ai décidé de me passer sous le jet avant que Solana ne réapparaisse. Il fallait que je me fasse beau. Personne à l'horizon, vite, j'ai attrapé le tuyau d'arrosage, le morceau de savon posé sur la grille par terre, et je me suis savonné de la tête aux pieds. Seulement, ma tignasse était devenue une vraie horreur, on aurait dit des lanières de serpillière emmêlées. Il fallait les couper. J'ai couru chercher ma paire de ciseaux et j'ai commencé le travail. Je taillais un peu au hasard, les mèches tombaient sur le sol, se défaisaient dans l'eau et la mousse. J'allais être le plus beau mec du monde. Solana ne pourrait que craquer.

— Je t'ai posé de quoi t'habiller là-bas.

Ariana, un sac en osier à la main, se tenait à la porte de la cuisine.

— Viens me retrouver après.

Dans mes poches, j'ai glissé mon petit drapeau argentin, la capsule avec les étoiles et les ciseaux. Comme toujours, la télévision était allumée. Sans le son. C'était un match de foot. Un grand sac-poubelle plein à craquer s'appuyait contre le réfrigérateur. Anita se balançait sur une petite chaise, une peluche coincée entre ses jambes. Elle avait changé de robe, un serre-tête remontait sa frange sur le haut de sa tête. Elle me regardait en répétant : Lucho, Lucio, Lucho, Lucio. La cuisine sentait le propre, les chaises étaient à l'envers sur la table. Ariana m'a fait signe d'approcher, elle était appuyée contre le mur, près du baby-foot à l'envers, elle fumait.

— Lucio, écoute-moi. Qui es-tu et d'où viens-tu ? Il va bien falloir que tu m'répondes, parce que moi je vais pas te garder ici. Il faut que tu comprennes. C'est dangereux pour nous toutes d'héberger un enfant clandestin.

Je voulais qu'elle se taise, je ne voulais plus entendre.

— Écoute, Lucio, je ne te veux pas de mal. Mais pourquoi ne me dis-tu pas ce qui t'est arrivé ? La police va finir par me tomber dessus et, en ce moment, on a intérêt à ne pas avoir d'ennuis, tu comprends ? Est-ce que tu veux que j'appelle quelqu'un ? Si c'est parce que tes parents te maltraitent, je peux peut-être faire quelque chose ?

J'ai bousculé Anita qui s'est mise à pousser des petits cris stridents, ça me cassait les oreilles. Ariana m'a traité de *maldito* et de petit salaud en prenant la gamine dans ses bras. Je suis ressorti sans me presser. Je ne savais plus quoi faire. Les filles sont rentrées, les lampions rouge et jaune éclairaient la cour où le linge avait été décroché et plié dans des paniers en plastique. Il y aurait bientôt des odeurs de friture, de laque et de parfum bon marché, le même remue-ménage que chaque soir et la sonnette se remettrait à retentir régulièrement, deux petits coups brefs, un silence, puis encore deux coups. Alors, des hommes qui n'étaient que des ombres entreraient par la mercerie, s'arrêteraient boire un verre dans la cuisine, jusqu'à ce qu'Ariana leur permette de traverser la cour. Les habitués avaient des droits auxquels les nouveaux venus ou les *túristas de mierda* ne pouvaient en aucun cas prétendre. Solana faisait partie de ces privilèges. La réclamer déclenchait une réponse immédiate, claire et nette : *coto vedado.* Chasse gardée.

Adossée au mur, au fond de la cour, une fille que je n'avais vue que deux ou trois fois me faisait signe. Elle était enveloppée d'un peignoir difforme maintenu par une ceinture d'homme resserrée autour de la taille. Ses pieds se tordaient dans des escarpins déformés.

— *Che*, viens par ici, elle a murmuré, mais assez fort pour que je puisse l'entendre.

J'ai obéi. Embarrassé. Elle dégageait une odeur de vinaigre et de jasmin mêlés.

— Il faut que tu partes. Pars maintenant. La

patronne ne veut plus de toi, elle est comme ça. Hier soir, je l'ai entendue dire quelque chose à son ami de la police et c'est pas bon pour toi. Elle veut plus te garder ici, elle ne veut pas d'ennuis. Retourne chez ta mère si t'en as une ou va te faire héberger ailleurs. T'es pas un mauvais, toi, alors file. Tu comprends c'que je te dis, *negrito* ?

— Je veux voir Solana, j'ai articulé en m'étouffant presque.

— Solana ? C'est une pute comme nous toutes. Ici, personne ne peut s'encombrer d'un gamin comme toi. Un gamin qui vient de nulle part. Allez, ça suffit, dégage, j'te dis !

Je pensais aux cheveux de Solana, à son parfum, dans ma tête tout s'entrechoquait, les cercueils de l'entrepôt tombaient en poussière, on enterrait Ariana, Anita se décomposait, je tournais sur moi-même, je quittais mon corps, aveuglé, affolé. Brusquement, j'ai basculé dans la rue.

18

La vie a du joli, tu sais, m'avait dit un jour ma mère. Sans rien ajouter. Venant d'elle, une phrase douce, c'était une prouesse, alors, quand ça arrivait, il fallait s'en satisfaire. Comme chaque dimanche, nous nous promenions dans le jardin public près de chez nous. La cascade souvent à sec me rappelait les tableaux en trois dimensions des restaurants chinois. Tout était moche. Les buissons étaient taillés en boule, les fleurs, toujours dans des tons rouges et blancs, s'alignaient le long des allées. Heureusement, il y avait le manège. Le manège avec son avion à hélice. J'aimais faire des tours dedans, je m'envolais, les yeux fermés, au-dessus du monde. Ma mère m'attendait sur un banc, toujours le même banc, à l'ombre du tilleul, qui embaumait au printemps. Quand *son* banc était occupé, elle se plaçait devant les gens, de dos, et attendait. Ils râlaient, lui demandaient de se déplacer. Elle faisait comme si de rien n'était, le visage tendu. Le gardien du jardin public leur adressait alors un signe en leur faisant comprendre qu'il valait mieux qu'ils changent d'endroit. Il savait de quoi elle était capable. Moi aussi. Alors, agrippé à mon avion, je m'en allais le plus loin possible. Quand la sonnerie retentissait et que le manège ralentissait, mon ventre se nouait et je rouvrais les yeux. Je retournais m'asseoir à côté d'elle. Allez, on décolle, elle lançait au bout de quelques minutes. J'attrapais son sac, son sac très lourd, je le portais des deux mains, et on repartait par l'allée centrale. J'avais beau me dire que mon avion à hélice n'était pas un vrai appareil, ça me déprimait quand même de le voir rester là, cloué au plancher. Ça n'avait pas de sens. Pas plus que les dimanches avec ma mère où on tournait en rond. D'ailleurs, je détestais les dimanches. Tous les dimanches. Par chance, depuis que j'étais en Argentine, je ne savais plus quel jour on était. Une journée en valait une autre.

Je m'éloignais de ce qui ne serait plus jamais ma maison. Solana me trottait dans la tête. J'errais. Pour ne pas désespérer, j'échafaudais un plan. Un jour, je serais riche et je viendrais l'enlever. Peut-être même qu'elle accepterait de se marier avec moi. Je retrouvais peu à peu mon énergie, tout en observant des plateaux entiers de *media-lunas* fourrées de *dulce de leche* dans la vitrine d'une boulangerie. J'avais déjà dans la bouche le goût sucré de ces croissants à la confiture de lait lorsque j'ai pensé : La femme d'hier, elle, me donnera à manger. Je n'aurais qu'à m'excuser et à être gentil. Ça, je savais faire.

Arrivé à sa porte, personne. J'aurais pu l'attendre là,

mais j'ai préféré redescendre. Assis au bord du trottoir à l'endroit où la bande jaune s'interrompait, j'ai retiré mes sandales. Je m'amusais à battre des orteils dans un reste d'eau du caniveau. Les petits splash m'occupaient. J'aurais bien aimé retrouver les garçons de la veille, on aurait pu jouer ensemble à nouveau, mais la rue avait séché et pas un enfant en vue.

Après un très long moment, elle est apparue. Entretemps, un vendeur de légumes, agacé de me voir traîner là, m'avait donné une orange et une tomate que j'avais grignotées en suivant du doigt les fissures de la façade qui allaient de la porte d'entrée de l'immeuble à l'angle de la rue. Elle a paru surprise de me voir.

— Qu'est-ce que tu fais là ?

Elle était gênée, elle a regardé autour d'elle.

— Viens.

Derrière elle, la porte s'est rabattue d'un coup. J'ai trébuché sur le balai appuyé contre un mur. Dans l'escalier, je lui ai pris des mains les deux cabas qu'elle portait. Elle m'a laissé faire. On est entrés chez elle, les volets étaient tirés, ça sentait le renfermé. J'ai posé les sacs par terre, elle est allée allumer la radio, un bandonéon s'emballait.

— Assieds-toi sur le canapé, je reviens.

Je l'ai entendue farfouiller dans l'entrée, puis elle s'est mise à parler, je ne distinguais pas ce qu'elle disait, quand j'ai voulu lui demander de répéter, j'ai compris qu'elle était au téléphone. Elle marquait de longs silences qu'elle ponctuait de quelques mots.

Bueno, sí, sí, ya, no sé... Bien entendu d'accord... J'étais fatigué et je n'avais plus envie de rien. En face de moi, sur une commode en bois calée contre un fauteuil à rayures bleues, une maquette de voilier et un fer à repasser très ancien se tournaient le dos ; dans le coin, près de la fenêtre, un parapluie et des plumeaux jaillissaient d'un pot à lait en cuivre ; des napperons en dentelle avec des pompons recouvraient la table basse, quasiment plaquée contre le canapé. Tout était vieillot et laid. À part un tableau qui me captivait. Au milieu d'une rivière qui se faufilait entre des monuments et des tours, un tronc flottait, à la dérive ; il disparaissait à moitié sous un pont de pierre où passait un train, peut-être celui que je prenais pour partir en vacances chez mon oncle. Ma mère m'accompagnait en métro jusqu'à la gare, les stations défilaient, elle ne m'adressait pas la parole, repoussait le contour de ses ongles avec une pièce de monnaie. Je regardais ses jambes croisées à côté de moi, j'aurais voulu poser ma tête sur ses genoux. Dans les couloirs du métro, elle marchait devant moi comme si elle ne me connaissait pas. J'aurais pu m'enfuir, elle ne s'en serait même pas rendu compte. On descendait gare d'Austerlitz. Pour moi, à chaque fois, c'était la fin du monde. J'avais peur de ne plus jamais la revoir.

    La dame a raccroché, ses talons ont claqué sur le carrelage, elle s'est mise à ouvrir et à fermer des placards. Elle devait être dans sa cuisine. Peu de temps après, elle est passée devant la porte du salon avec un panier rempli de linge dans les bras. Elle faisait comme si je n'étais pas là. L'odeur de la lessive recouvrait celle du renfermé. Peut-être qu'il fallait que j'aille l'aider. Ou, au contraire, que je continue d'attendre, sans la déranger. J'étais mal à l'aise.

Soudain, j'ai eu un pressentiment. Je me suis levé. Elle était en train d'accrocher son linge, lentement, sur un séchoir fixé au mur de la salle de bains, avec des pinces à linge bleu pâle. Je me suis posté derrière elle, elle ne se retournait pas. Elle m'a juste demandé d'aller me rasseoir dans le salon. Je n'ai pas bronché. Elle s'est un peu énervée avec une pince qui refusait de s'ouvrir. Toi, tu me prépares un sale coup, j'ai pensé sans savoir pourquoi. J'ai reculé de deux pas. Derrière moi, la porte d'entrée. Il fallait que je dégage, c'était une évidence. Je me suis jeté sur la poignée. Bloquée. Elle ne se retournait toujours pas. Je me suis mis à tirer, à pousser, à taper.

— Ouvre la porte ! j'ai crié en attrapant son bras gauche. Ouvre-la !

Je la secouais, je la bousculais, elle se laissait faire.

— Tu m'ouvres cette porte de merde, sinon je te tue.

Elle me regardait, indifférente, glaciale. Je la mordais, sa peau de vieille se craquelait, je ne la lâchais pas, j'étais un chien. Le goût du sang me rendait dingue, je la suppliais maintenant de m'ouvrir.

— Arrête, petite ordure ! Calme-toi ! Ils arrivent. Ils vont t'embarquer, espèce de fauve. C'est ce qu'il y a de mieux pour toi. Un enfant, ça ne traîne pas dans la rue, ça file droit, bon Dieu !

Elle ne m'ouvrirait pas. Alors, je lui ai attrapé la jambe, elle est tombée et s'est cogné le bras, violemment, contre le mur. Elle devait avoir très mal, elle râlait comme une bête sous le type du poster avec son béret de travers et ces fichues trois lettres. La cuisine. Passer par la cuisine. La fenêtre était entrouverte, je me suis hissé sur la machine à laver, de l'autre côté il y avait un petit balcon avec des seaux, j'ai sauté. Puis, j'ai escaladé la rambarde et je me suis laissé glisser jusqu'en bas en passant de barres en appuis de fenêtres. Comme un singe. Une fois dans la cour, j'ai filé, sans regarder en arrière. Je n'ai repris mon souffle que plusieurs pâtés de maisons plus loin. Je n'avais plus assez de force pour courir et j'avais une soif terrible. La colère montait. Pourquoi cette bonne femme m'avait fait ça ? Qu'est-ce que j'allais faire maintenant ? À cause d'elle, je risquais de me faire prendre par les flics. Ils ne me croiraient même pas avec mon histoire de librairie.

Heureusement, l'avenue où je me trouvais était noire de monde. Assise en tailleur sur le trottoir, une jeune femme avec des lunettes de soleil rondes et une toque noire sur la tête tricotait un poncho orange ; pendant ce temps, son copain versait de l'eau chaude dans une calebasse, lui tendait ensuite le maté. Plus loin, une matrone, jambes tendues, avec deux petits allongés sur ses cuisses, vendait des porte-monnaie et des bracelets tissés, de toutes les couleurs. Elle tripotait l'oreille de la fillette, en alpaguant les passants, la petite semblait sourire en dormant. J'ai regardé mes pieds en serrant les poings et j'ai inspiré un bon coup. La vie continuait, je n'avais pas le choix.

19

Repartir de zéro. Encore une fois. Si je voulais retrouver ma mère, il fallait que je me concentre. Était-elle bien dehors quand je regardais les attrape-soucis dans la librairie ? Avais-je fait quelque chose de mal ? Était-ce de ma faute quand elle ne rentrait pas de la nuit, à Paris, ou qu'elle ne m'adressait plus la parole ?

Maintenant, elle n'était plus là. Et je voulais la retrouver. À tout prix. Qu'elle m'explique. Ou me dise. Juste un mot.

J'ai traversé l'avenue avec un flot de gens. De l'autre côté, à l'entrée d'un parc, des jeunes étaient allongés dans l'herbe. Près d'eux, un type torse nu, tanné comme du vieux cuir, se passait un peigne dans les cheveux. Un peu plus loin, je me suis laissé tomber sous un arbre, entre d'immenses racines, en me recroquevillant à l'ombre des branchages. Je me laissais doucement prendre par le sommeil, quand, soudain, la pluie s'est abattue. Des gouttes aussi rondes que des yeux de poisson. Tout le monde s'est relevé et s'est mis à courir pour s'abriter. Jusque-là, je n'avais pas osé m'engouffrer dans le *subte*. Mais, là, j'ai fait comme les autres. Quatre à quatre, j'ai descendu les marches d'un escalier pisseux.

En bas, à côté des tourniquets en bois, un contrôleur surveillait les allées et venues. Il ne bougeait pratiquement pas et balayait du regard sans se déconcentrer les mains qui glissaient leur ticket de métro dans les fentes. Je me suis caché derrière un grand coffre en métal fermé par des cadenas. Une femme, blouson en cuir et pantalon blanc, est arrivée. Ses longues jambes semblaient tricoter l'espace. Le contrôleur a tourné la tête et l'a suivie du regard, le reste n'existait plus. Alors, j'ai saisi ma chance. J'ai emboîté le pas d'un petit homme. Je marchais à côté de lui comme si on était ensemble. Près des tourniquets, il a fouillé dans la poche arrière de son sac en bandoulière et en a sorti un ticket. Je me suis glissé entre ses jambes. Ni vu ni connu. Une couleuvre. Un peu plus loin, je me suis retourné. Le contrôleur s'essuyait la bouche.

Le métro est entré dans la station. Des wagons archipleins. On a tous poussé. Un jeune type avec de longues tresses entortillées jouait de la guitare en chantant des mots tristes. Deux filles lui ont donné des pièces, puis un militaire avec des grains de beauté sur une seule joue, un billet, en lui faisant un clin d'œil. Un Chinois aux cheveux blond platine a ensuite brandi une boîte en plastique en l'air, au milieu des voyageurs. Dedans, des lampes torches noir et argent s'intercalaient avec des mini-parapluies. *Barato*, il répétait, comme si c'était le seul mot qu'il connaissait. *Barato*, pas cher. J'ai bâillé, j'avais mal au cœur. Pour m'acheter quelque chose à manger, il me faudrait de l'argent. D'accord, je me suis dit, mais comment faire ? J'ai regardé autour de moi. Me débrouiller, par n'importe quel moyen, il n'y avait que ça.

Dos à la vitre, à demi endormie, une femme, visage figé, tenait entre ses jambes deux sacs débordants. On aurait dit une momie. Quand sa voisine s'est levée, je me suis précipité à sa place. Un vieux m'a sermonné. Je n'ai pas cédé. Quatre stations plus tard, je plongeais tranquillement la main dans un des sacs, la refermais sur quelque chose qui ressemblait à une banane ou à un concombre. Personne ne regardait ce que j'étais en train de faire, tous avaient la tête qui se balançait au rythme des secousses du wagon. J'ai fini par attraper une chose assez tendre enveloppée dans du papier et je l'ai glissée dans mon short à toute vitesse pour que personne ne me voie. Impossible de savoir ce que c'était. Seulement, en ressortant ma main, elle empestait. Ce devait être du fromage. Et je l'avais dans mon slip ! Tant pis, j'avais trop faim. Dans l'autre sac maintenant. La femme ne bronchait toujours pas. Des poireaux, des boîtes de conserve, de la moutarde… Je fouillais. J'ai agrippé un pain. Une douleur me pinçait le bas du ventre. Il était temps que je file. Quand les portes se sont refermées derrière moi, j'avais déjà les dents plantées dans le fromage. Une merveille. Alors, j'ai tout englouti en marchant. Le fromage et le pain.

À la sortie du métro, une avenue longeait des jardins impeccables et des immeubles classieux. Ça sentait bon. Deux types en costume et baskets se baladaient main dans la main. Un prêtre, un ordinateur portable sous le bras, avançait dans leur direction. En le croisant, ils l'ont salué en se lâchant discrètement les doigts. Le prêtre a hoché la tête. Je me suis souvenu d'une émission que j'avais vue à la télé, « Mille et une stars, les étoiles ce soir ! », les spectateurs applaudissaient des tours d'adresse minables. Je n'aurais qu'à les imiter dans le métro, puis passer entre les passagers pour qu'ils me paient. Mon idée me plaisait bien. Il me fallait un plan pour tenir. Un numéro de jonglerie ferait l'affaire.

En fouillant dans les poubelles, je trouverais ce dont j'avais besoin. Et des poubelles, il y en avait à presque tous les coins de rue. Des containers surtout, parfois plus hauts que moi. Il me suffirait de grimper dessus. Celui-ci me semblait bien. Avec de l'élan et à la troisième tentative, debout sur le couvercle, je dominais un cimetière. Il s'étendait à perte de vue derrière un mur en brique. Recoleta. Une vraie ville avec des chapelles funéraires, des statues, des bras, des mains, dans tous les sens, des visages tournés vers le ciel. L'apocalypse. Je n'aurais pas aimé que l'on m'y enferme la nuit. Un gardien d'immeuble m'a crié de redescendre immédiatement. En quelques secondes, j'étais déjà loin, deux jolies petites bouteilles d'eau Bon Acqua en plastique bleu dans les mains. Il m'en fallait une troisième, que je ne tardai pas à dénicher, flottant dans l'eau boueuse d'un caniveau, au milieu de petites feuilles rousses et de pétales jaune vif – on aurait dit des grains de maïs écrasés. Un balayeur tentait de repousser le magma dans un tourbillon que les passants évitaient en faisant un petit saut pour traverser. Tous excepté une vieille dame, très fâchée, qui vociférait :

— Mais comment je vais faire si personne ne m'aide, on est vraiment dans un drôle de monde, un monde qui marche sur la tête, tout ça se paiera un jour !

Deux hommes l'ont gentiment attrapée sous les aisselles. En un tour de main, elle était déjà de l'autre côté sans comprendre ce qui lui arrivait. J'ai ramassé un sac en plastique noir par terre et y ai placé mes trois bouteilles. Maintenant, il me fallait trois balles de couleurs différentes. Ça n'allait pas être simple. Il pleuvait toujours. Un crachin tiède qu'on sentait à peine, mais qui vous trempait en quelques minutes. J'ai sauté sur les marches d'un bus clinquant, rouge et bleu, et me suis faufilé à l'intérieur avec un groupe qui montait. Une puanteur curieuse m'a tout de suite pris à la gorge. Un horrible cocktail de colle et de chaussette sale. Je ne pouvais pas rester là. À la station suivante, je suis redescendu immédiatement. Et je faisais bien. Des contrôleurs entraient par la porte avant.

Comment trouver trois balles colorées ? Je n'allais quand même pas me contenter de jongler avec trois bouteilles. On ne me donnerait pas un centime. Sous le porche d'une église, une Vierge rose et bleu pâle. Entourée de vases remplis de marguerites en plastique, la statue ouvrait les bras en grand. Elle semblait dire : Je suis là, ne t'inquiète pas. La pluie redoublait. Je me suis plaqué tout contre elle. Le bout de ses doigts effleurait mes cheveux. Je me suis balancé doucement pour que ça me chatouille le crâne. Les yeux clos, je profitais de cette douceur ferme. À l'abri des gouttes.

Une main brutale m'a saisi par le bras.

— T'as pas honte de te faire gratter les poux par la Saintissime Vierge de tous les hommes ?

J'ai ouvert les yeux, une mégère en imperméable blanc, lunettes carrées presque incrustées dans le visage, me faisait face. Elle était horrible. Des dizaines de petites barrettes retenaient ses cheveux gras en arrière, on aurait dit qu'elle était chauve.

— Sois maudit ! elle m'a soufflé dans le nez avec une haleine de médicament.

J'ai sauté les quatre marches qui redescendaient vers le trottoir. Le sol trempé glissait, en courant, je dérapais et slalomais entre les gens. Jusqu'à ce qu'une vitrine retienne mon attention. Le mot *Juguetería* y était inscrit en lettres arc-en-ciel. Un magasin de jouets ! De la rue, on pouvait voir un panier blanc dans l'allée centrale, débordant de balles roses, violettes, turquoise. Trois, il m'en fallait trois. Mais comment faire ? Le vigile était posté tout près et il n'avait pas l'air commode. Et puis, le magasin était plutôt désert. Je tergiversai. Cela faisait maintenant trop longtemps que je traînais devant l'entrée. Le malabar m'avait remarqué. Alors, je me suis avancé vers lui et j'ai fait comme ça :

— *Hola,* vous pourriez me donner trois p'tites balles ? En fait, c'est pour vivre, j'en ai vraiment besoin. *Por favor…*

Jambes écartées et visage impassible, il ne bronchait pas. Ses yeux ne disaient rien de ce qu'il pensait, mais alors rien du tout. J'ai répété, *trois p'tites balles s'il vous plaît, pas d'la même couleur, pour vivre…* Le temps s'était arrêté, je pensais : Une chance sur deux qu'il m'empoigne et me donne à la police. Et puis non, il ne le ferait pas. Mes sandales touchaient le bout de ses rangers, je fixais ses bras, sa peau, couleur ébène. Il a bougé, très vite, je n'ai rien vu, juste senti qu'il se passait quelque chose. Quand j'ai compris que les trois balles étaient dans mon sac, il avait déjà renfoncé ses mains dans sa ceinture. *Gracias,* j'ai murmuré en relevant la tête. Peut-être que ses yeux souriaient.

Trois bouteilles en plastique bleu et trois balles colorées, j'allais enfin pouvoir faire mon numéro. Jongler, j'étais bon à ça. Dans la cour de récréation, à Paris, quand on me laissait de côté, je m'entraînais avec tout ce qui me tombait sous la main. Les trousses, les stylos voltigeaient au-dessus de moi. Les billes aussi.

Je longeais maintenant la grille d'une école déserte. Pas un bruit. Sous un préau, un tourniquet jaune, un toboggan, des bidons par rangées de six. Ça faisait longtemps que je ne m'étais pas laissé glisser sur un toboggan. Un jour, j'étais tombé de l'échelle. J'étais vraiment très petit. Arrivé en haut, j'avais tout lâché et je m'étais laissé basculer en arrière, ça avait duré longtemps, comme si l'air me retenait. Quand je m'étais écrasé dans les bras de ma mère, on s'était effondrés tous les deux sur le sol, je n'avais rien eu, pas une égratignure. Ma mère, elle, avait crié : Lucien, mon amour ! En entendant ces mots, je m'étais mis à pleurer. Juste après, elle avait changé de tête, m'avait déposé sur la terre piétinée au pied de l'échelle. Remonte maintenant, elle m'avait ordonné. J'avais obéi, sans broncher, en m'agrippant aux barres de fer, terrorisé. Elle marmonnait. Les mots crissaient dans sa bouche. J'avais entendu quelque chose comme : Et n'essaie plus jamais de me faire du mal. À partir de cet incident, je m'étais mis à faire des cauchemars. J'avais peur d'aller me coucher. Dès que je fermais les yeux, je me sentais aspiré par le vide. La nuit, je rêvais que je tombais. Le matin, je me réveillais fatigué.

20

La chaleur devenait étouffante à Buenos Aires. Les jours sans vent, je vivais au ralenti, je traînais dans les parcs. Ce que je préférais, c'était l'herbe, quand il y en avait. Allongé dedans, le frais me prenait comme dans des draps propres. J'avais trouvé mon système de vie, je faisais mon spectacle dans le métro quand il n'y avait pas trop de monde, ni trop tôt, ni trop tard. L'après-midi c'était bien, entre deux, les voyageurs étaient accablés par la chaleur et ils me donnaient une pièce pour que j'arrête de les déranger. Je commençais toujours par les balles. Un, la rose; deux, la violette; trois, la turquoise. Je les envoyais taper à tour de rôle contre le plafond du wagon. Ça faisait sursauter les gens. Très vite, après, je sortais mes trois petites bouteilles à demi remplies d'eau pour que ça leur donne du poids, j'en tendais une à quelqu'un, une femme en général – elles étaient plus gentilles –, je faisais virevolter les deux premières, puis je faisais signe à la voyageuse que j'avais choisie de m'envoyer la troisième. Je ne jonglais pas longtemps, juste le temps d'une station ou deux, puis, je passais entre les gens en rangeant mon matériel. ¡ *Para el artista !* je lançais à la volée.

Quand j'avais gagné onze pièces – c'était mon chiffre-clé et mon repère –, je quittais le métro à la station suivante. Ça suffisait comme ça. Une fois dehors, je prenais une avenue, n'importe laquelle, je la suivais tout droit en regardant à droite et à gauche dans les rues perpendiculaires. C'était ma façon d'essayer de retrouver la librairie. Je me souvenais que, là où elle se trouvait, il n'y avait pas d'immeubles. Juste des maisons à un étage. Je comptais surtout sur la chance. Chaque jour, je parcourais des kilomètres de trottoirs, en mangeant des *hot dogs* dégoulinants de ketchup, des *donuts*, n'importe quoi de facile à acheter dans la rue. Je me laissais perdre. Quand j'étais trop fatigué, je dormais là où je pouvais, dans des recoins dissimulés.

Un après-midi, à un carrefour, je l'ai reconnue. *Austral*, c'était bien elle. J'en étais sûr. La porte de la librairie donnait sur un angle de rue et, dans la vitrine, des livres étaient empilés. C'était là que ma mère avait disparu. Un poids m'a écrasé la poitrine. Mélange de peur et de chagrin. Envie de faire demi-tour. De m'enfuir. J'ai résisté. Je me suis approché de la vitrine, rien n'avait changé. La vendeuse revêche se tenait au fond du magasin. J'ai poussé la porte, mon sac en plastique pendouillait au bout de ma main comme un vieux sac-poubelle. Elle s'est levée de derrière son bureau.

— Qu'est-ce que c'est ? Non, mais, *por Dios*, sors d'ici, tu n'as rien à faire dans ma librairie.

— Madame, s'il vous plaît...

— Je n'ai rien à te donner, va-t'en, sinon j'appelle la police.

— C'est pas ça, vous me reconnaissez pas ? Ma mère, elle est revenue me chercher ?

— Qu'est-ce que tu racontes ? Ta mère ? Quelle mère ?

— Vous ne vous souvenez pas ? Je l'ai perdue ici.

— ¡ *Lunático* ! Espèce de dingue ! Va-t'en ! Je ne tiens pas un orphelinat. Il n'y a que des livres ici ! Fiche-moi le camp !

Elle criait jaune, sa voix piquait. Je n'arrivais plus à parler, tout se bousculait dans ma tête, je ne pouvais pas partir comme ça.

— C'est une dame grande avec un sac vert. Elle cherchait un livre. Et moi, je regardais vos petites boîtes, là-bas !

Ma voix était bizarre, elle se désaccordait. La libraire s'est approchée de moi, dégoûtée. Du bout des doigts, elle a attrapé la manche de mon tee-shirt et s'est mise à me tirer vers la porte. Je m'accrochais à sa blouse. Sur la poche que gonflait sa poitrine pointue, son nom, Mirta Lopez, était toujours là, brodé en lettres minuscules. Mes larmes coulaient, je sentais mauvais, mais je tenais bon. Et puis, là, près de l'entrée, je les ai vues. Éparpillées sur une étagère, les boîtes de malheur. Il en restait quelques-unes.

— Une dame française ! C'est ma maman. S'il vous plaît !

— Aucune maman française ne voudrait de toi ! Dehors, *negro asqueroso*.

— Je ne suis pas dégoûtant ! Je suis perdu ! Je suis français, *soy francés*, je répétais dans les deux langues.

Sur le seuil d'une boutique de jeans, en face, un vendeur regardait la scène. D'un coup, il a traversé le carrefour, il est entré précipitamment dans la librairie.

— Sors-moi ce mendiant d'ici ! ¡ *Por favor !*

Elle roulait les r, accélérait ses cris, ça me tournait la tête. Le type m'a soulevé de terre et m'a jeté sur le trottoir. J'ai récupéré péniblement mes balles qui roulaient dans la rue. Mon sac s'était déchiré. J'ai hésité à y retourner. À la supplier de me dire la vérité. La vérité ? Tout n'était que mensonge. Les passants me dévisageaient. Une étudiante française en short rouge s'est retournée :

— C'est trop triste, des p'tits pauvres comme ça.

Son petit copain, qui la tenait par la taille, l'a attirée vers lui. Elle m'inspectait du coin de l'œil. Ni français ni argentin, je n'étais plus rien.

Le lendemain, dans le métro, mon numéro était devenu mollasse. Mes balles s'écrasaient une à une sur le plafond du wagon. Je n'y arrivais plus. J'ai décidé de monter dans un train vers la banlieue. Changer d'air. Peut-être même que je retrouverais le bidonville de Gastón. Qui sait. J'ai tendu une des petites bouteilles à une voyageuse, elle regardait dans le vague, un livre ouvert posé sur son sac. Quand je lui ai fait signe de me la lancer, je n'étais pas assez concentré, je ne l'ai pas rattrapée, la bouteille a explosé sur le sol, au pied d'un chauve en survêtement et en tongs.

— ¡ *La puta que te parió !*

Il me hurlait dessus, me traitait de fils de pute, les autres me dévisageaient en rouspétant, alors, j'ai tout balancé sur les voyageurs, mes balles, mes bouteilles, le type m'a giflé. À l'arrêt du train, quand les portes se sont ouvertes, il m'a jeté sur le quai. Si violemment que je n'ai pas réussi à me relever tout de suite. Personne ne venait m'aider. Je suis resté un moment par terre, puis j'ai fini par me redresser. J'ai quitté la station.

Un autre monde. En m'éloignant de la gare, tout n'était que belles et grandes maisons, voitures étincelantes, bouquets d'arbres et massifs fleuris. J'ai suivi une rue à sens unique. Tout droit. Comme pour ne jamais revenir en arrière. La rue n'en finissait pas, elle en croisait d'autres, se dédoublait. À la fourche, j'ai pris à gauche, la route descendait en lacet, à pic. Après une voie ferrée, elle s'arrêtait net. Une route en terre la prolongeait le long d'un promontoire herbu sur lequel j'ai grimpé. De l'autre côté, des eucalyptus et des arbres tropicaux se bousculaient dans un maquis boueux. Des moustiques se sont rués sur mes mollets. Un enfer. Alors, je suis redescendu en courant pour que ça s'arrête. À quelques mètres de moi, une grille vert foncé était grande ouverte. Dans l'allée, un type avec un pantalon rouge et un chapeau de paille bricolait, accroupi. Il caressait des fleurs et des feuilles avec ses doigts, les humectait avec un brumisateur de l'autre main. Je suis entré. En entendant mes pas sur le gravier, il a lancé un *hola* enjoué.

— J'arrive tout de suite !

Je me suis arrêté à sa hauteur. Autour de lui, des plantes. Partout. Un immense champ de pots de fleurs. En relevant la tête, il a eu l'air surpris. J'ai ramassé son sécateur, je le lui ai tendu. Il m'a interrogé du regard. Avec bienveillance. Comme je ne disais rien, il a continué à travailler. Toute cette végétation m'impressionnait. Il a fini par me demander un coup de main. La nuit est arrivée, il m'a donné à manger. Je ne suis plus reparti.

21

Il connaissait tous les noms des fleurs ; en latin aussi. Au lever du jour, il fallait arroser les pousses, juste un peu d'eau, pas trop. Les pots en terre et les bouteilles en plastique coupées en deux étaient alignés du bas de la maison jusqu'au bout du terrain, en file indienne. Arrigo les remplissait de terre et y enfonçait, avec son pouce, des graines. Elles germaient. Je remplissais les arrosoirs, les lui apportais, je faisais des tas avec les déchets, les transportais à l'aide d'un râteau jusqu'au fond de la jardinerie.

— C'est comme pour toi, si les plantes ne boivent pas, elles meurent, disait-il.

Il m'avait tout de suite mis au pas, comme s'il avait toujours su qu'un jour je viendrais, comme s'il avait tout préparé. Un petit tableau accroché sous la véranda indiquait nos tâches respectives. Arrigo avait une silhouette jeune et fine, une peau grillée. Dans ses cheveux raides et noirs, des mèches blanches apparaissaient çà et là. Ils les laissaient pousser, de dos on aurait dit une femme. Il parlait avec des aigus affectueux, ça me rassurait. Avec lui, j'apprenais tout le temps des choses nouvelles, surtout sur la nature et la météo. Il passait son temps à me donner des ordres, mais sans jamais me crier dessus ni me faire de reproches. On n'arrêtait pas. Du matin jusqu'au soir. Le seul moment où je ne faisais plus rien, c'était quand il éteignait les appliques extérieures et qu'on s'installait dans les grands fauteuils en tissu à fleurs, à l'intérieur. On mangeait des pâtes avec des légumes en regardant la télé, du foot ou une série dans laquelle le héros, chemise blanche impeccable et pantalon à pinces gris foncé, était un garçon pauvre qui dansait des tangos dans la rue pour survivre. Il s'appelait Tito. Arrigo et moi, on l'adorait.

La jardinerie se trouvait au pied d'un quartier à flanc de colline où des maisons impressionnantes se cachaient derrière de hauts murs que des plantes grimpantes escaladaient. Si on s'approchait trop près des portails, les chiens de garde aboyaient sur-le-champ. Les habitants du coin venaient nous acheter des variétés de plantes, de fleurs, pour embellir leurs jardins. Des femmes surtout, qui s'occupaient pendant que leur mari travaillait.

— Lucio, il faudrait que tu ailles tout de suite livrer ces dix pots de fleurs chez la *señora* Adela, il m'a annoncé un jour, juste après qu'on avait fait la sieste.

— Je fais comment pour les porter ?

— Tu prends la brouette, là. Tu tires. N'essaie pas de pousser, tu ferais tout basculer. Viens que je t'explique le chemin.

Je l'écoutai attentivement. À la fin de ses indications, Arrigo a placé les dix pots dans la brouette. Il les calait minutieusement, dans un ordre spécial et à toute vitesse. C'était génial et parfait. J'aurais été incapable de faire aussi bien que lui. D'ailleurs, il n'aurait probablement pas pu m'expliquer lui-même comment il s'y prenait. Dans la brouette, pas un pétale, pas une tige ne se touchait, même lorsque les roues grimpaient ou dévalaient les dénivelés. J'ai suivi ses instructions.

— Tu tournes à droite au massif de cactus. Tu continues à monter jusqu'à l'abri du gardien Pedro, celui qui a quatre chiens. En regardant en biais, tu apercevras à une cinquantaine de mètres un toit vert avec une tour carrée en carreaux de verre multicolores. C'est là.

J'avançais avec mon chargement au milieu de la rue, les voitures m'évitaient en me frôlant, je gênais. La côte était escarpée, j'étais en nage. Mais j'étais fier, on me faisait confiance, je travaillais comme un adulte. Sans compter qu'Arrigo m'avait passé une paire de Nike, qui avaient déjà été portées, mais qu'est-ce que ça pouvait faire. Je n'arrêtais pas de les regarder en tirant la brouette. Difficile de dire si elles étaient beiges ou juste sales. Quand je suis enfin arrivé devant la grille de la propriété où je devais livrer les plantes, j'ai repris mon souffle en m'appuyant contre un pylône. On entendait un arrosage automatique de l'autre côté du mur. Je me suis essuyé le front et j'ai sonné.

— Qui est là ?
— Jardinerie Arrigo. Je viens livrer.

— Va à l'autre porte, un peu plus loin sur ta droite.

À quelques mètres, cachée par du lierre, une petite porte en fer était entrebâillée.

— Entre, m'a dit une voix légère.

Une jeune femme rondelette en robe-tablier tenait fermement la poignée. Un serre-tête en velours noir plaquait ses longs cheveux presque rouges en arrière. Sa peau était lisse comme celle d'une enfant. J'ai essayé de faire passer la brouette dans l'encadrement de la porte, elle m'a immédiatement demandé d'arrêter.

— Laisse ton chargement sur le trottoir, pas question de faire entrer tout ce barda. Prends ce que tu peux de pots et va les poser au fond du jardin sous l'auvent. T'inquiète pas, je surveille le reste.

Le jardin était immense. Un vrai parc avec des folies de fleurs partout. Dans les arbres, dans les arbustes, au bout de chaque tige. Toutes dans des tons de bleu. Un bleu qui tirait vers le violet parfois. Lavandes, agapanthes, plumbagos, campanules, glycine… Les variétés de fleurs étaient rassemblées, organisées. Du ciel, elles devaient peut-être représenter quelque chose, une étoile filante, un œil. Ça sentait le bonbon. J'aurais voulu me laisser tomber sur la pelouse, dodue et ferme à la fois, tant elle avait l'air confortable. Sous la tonnelle, des pots vides étaient empilés ; j'ai posé les miens à côté.

Quand je suis retourné chercher d'autres plantes, la bonne m'a dit nonchalamment :

— Pense à reprendre les pots vides là-bas. Tu les rapporteras à Arrigo. Notre jardinier n'en a plus besoin.

Derrière les baies coulissantes grandes ouvertes du rez-de-chaussée, les voilages s'agitaient avec la brise, un air de violoncelle se faufilait jusque dans le jardin, on aurait dit que quelqu'un en jouait à l'intérieur, ou alors c'était un CD.

— Ne traîne pas, s'est impatientée brusquement la fille, la *señora* n'aime pas que des inconnus s'éternisent chez elle.

J'aurais bien aimé voir à quoi elle ressemblait, sa patronne. Peut-être qu'elle était célèbre. Une ombre est passée derrière les voilages. La musique s'est arrêtée. Un silence étrange s'est installé, malgré le chant d'un oiseau et le grésillement d'une libellule qui s'était prise dans mes cheveux. J'ai accéléré mes allées et venues. La bonne m'a donné cinq pesos de pourboire, sans me regarder, comme si c'était elle, la maîtresse de maison.

— Dis à Arrigo qu'il sera payé cette semaine.

Un billet de cinq pesos rien que pour moi, je n'en revenais pas. La porte s'est refermée sur mes Nike, je me suis penché pour nettoyer une trace noire avec un peu de salive, ça n'a fait qu'empirer la tache.

Sur le chemin du retour, j'essayais d'imaginer la propriétaire. Adela Koller, c'est ce que j'avais lu au-dessus du bouton de l'interphone. La brouette m'entraînait dans la pente, loin de la curieuse maison enchantée. Quand je suis arrivé à la jardinerie, mon front était luisant de sueur. La chaleur était devenue insupportable, même le vent cuisait. Arrigo était aux prises avec des bâches foncées qu'il tendait au-dessus des rangées de jeunes pousses pour les protéger. Je me suis approché pour l'aider, on avait du mal à les fixer sur les pieux bancals.

— Il faudrait creuser dans le sol pour mieux les enfoncer. Va me chercher une pioche derrière la maison.

J'étais lessivé, j'avais du mal à reprendre mon souffle.

— Au fait, ça s'est bien passé là-haut ?

— Oui, elles te paient cette semaine.

— Bien ! Dis donc, ça n'a pas l'air d'aller. Tu devrais boire un peu d'eau. Va au robinet. Allez !

L'eau tiède avait un goût de rouille, elle était imbuvable, je l'ai tout de suite recrachée. Je me suis mis la tête sous le robinet. Mais je mourais de soif, alors, j'ai ouvert mon gosier en grand, les yeux fermés et la respiration bloquée pour ne pas sentir. Je déglutissais sans penser à rien, des filets de lumière sale s'agitaient à travers mes paupières. C'était comme si je coulais dans un puits opaque.

Quand j'ai repris mes esprits, j'étais allongé par terre, Arrigo m'avait traîné sous la véranda et agitait un carton devant mon visage pour m'aider à respirer. Je n'arrivais pas à bouger, un courant me ramenait en arrière, je me revoyais, petit et malade, ma mère me soufflait dans le nez et dans la bouche, qu'elle tenait ouverte en pressant le coin de mes lèvres, Lucien, murmurait-elle, Lu, ne meurs pas, pas maintenant. Derrière elle, dans l'armoire sans battants de ma chambre, la petite robe violette à volants était suspendue au milieu de mes affaires. Une robe d'enfant. J'aurais voulu qu'on la jette ou qu'on la brûle. J'aurais voulu dire à ma mère : Je ne suis pas une fille. Mais je me taisais.

— P'tit gars, va pas falloir que tu me crées des ennuis, tu sais ? Qu'est-ce qui t'arrive ? T'es pas malade au moins ? Tu m'as toujours rien dit de toi… Bon, pas d'histoires ici… ¿ *Dale* ?

Dale, d'accord, le mot dégoulinait dans ma tête. Bien sûr, pas d'histoires. Jamais d'histoires. Ma mère ne voulait pas d'histoires, personne ne voulait d'histoires. D'ailleurs, moi-même, je n'en voulais pas.

— *Dale,* j'ai balbutié.

Après cet épisode, Arrigo avait ajouté de la viande, du fromage et des fruits à notre alimentation. Je dévorais. Il disait que je grandissais, que j'allais bientôt le dépasser. Il prenait soin de moi. On vivait au rythme de nos plantes et on travaillait comme des bêtes. Une fois par semaine, on faisait brûler les brindilles et les feuilles mortes dans un trou au fond du jardin. Côte à côte, on veillait sur les braises, jusqu'à ce qu'elles s'éteignent doucement. Nos pieds se recouvraient de cendres. Nos cheveux sentaient la fumée.

J'aimais les sons de notre vie, les oiseaux, les clients qui choisissaient leurs fleurs, le vent dans les arbres, les soupirs d'Arrigo. J'aimais le soir quand je m'allongeais sur mon lit de camp. Il grinçait sous la fenêtre avec ses rideaux trop courts. Quand on éteignait la petite lampe posée sur l'unique commode recouverte de pages de journal, j'écoutais la nuit et la maisonnette qui respirait tranquillement. Mars finissait, il commençait à faire plus frais, je me retenais le plus longtemps possible de fermer les yeux, ma couverture remontée jusque sous mon nez, bercé par une odeur de mie de pain et de renfermé.

Il vivait comme un vieux, Arrigo. Personne de sa famille ne venait le voir. En tout cas, pas que je sache. Et des amis, il n'en avait pas beaucoup. Sur notre petit frigo rouillé, il y avait une photo, une seule. En noir et blanc. On y voyait un petit garçon sur les épaules d'un homme qui le tenait par les pieds de ses grandes mains enfoncées dans des gants en cuir. Le petit garçon était en culotte courte et le type en manteau. Peut-être que c'était son père et qu'il rentrait de voyage. En tout cas, ils avaient l'air heureux.

Nos journées étaient toutes semblables, excepté celles où Arrigo partait en ville acheter des graines et des pousses chez un collègue. Il épelait *co-le-ga*. Pendant ce temps-là, je restais seul. Il fermait le portail à clef. Pas pour m'enfermer, mais pour que les clients n'entrent pas. Je savais ce que j'avais à faire. On avait commencé à bâtir une serre au fond du terrain. Une serre écologique, avec des bouteilles en plastique qu'on nous déposait devant le portail ou que je ramassais dans les poubelles du quartier. Il fallait qu'elles soient toutes identiques et que je les nettoie parfaitement. Je découpais ensuite un cercle dans le cul des bouteilles pour pouvoir les emboîter les unes dans les autres et y passer une tige. Notre construction prenait peu à peu forme, rien qu'avec des matériaux recyclés, du bois, des bambous et de la ficelle. Je m'appliquais.

Un soir, Arrigo m'a raconté comment il avait commencé à faire pousser des plantes, puis à les vendre.

— Après tout ce que j'ai souffert dans ma vie, y'a qu'elles qui m'ont apaisé. Quand on m'a proposé d'occuper ce terrain en friche, je m'suis dit que c'était une chance pour moi. Enfin tranquille et personne pour m'emmerder.

— Je vois, j'ai dit.

Il avait commencé à rire.

— Et toi, bonhomme, comment t'es arrivé jusque-là ?

— Je suis obligé de dire ?

— Si tu ne veux pas, non. Juste, rassure-moi, tu t'es pas enfui de chez toi ? Ton père ne va pas venir me casser la figure, j'espère !

— Rien à voir. Personne ne viendra me chercher ici.

— Bien…

Il avait laissé traîner son *bueno,* le temps de réfléchir quelques instants et d'arrêter de me questionner. Dans la casserole, l'eau bouillait, il l'avait versée sur son mélange d'herbes, dans sa petite calebasse rouge fané. Depuis peu, quand on me tendait du maté, j'aimais en aspirer une gorgée ou deux. Ça me donnait de l'énergie. Et du courage.

22

— Comme c'est beau, ces couleurs qui se défont.

Elle avait une voix fraîche, un rire qui s'envole. Au milieu de la jardinerie, sa robe mandarine la faisait toute légère et les bourrasques l'obligeaient à se déplacer à petits pas.

— Je ne vais pas avoir grand-chose à vous proposer, *señora* Adela, s'était désolé Arrigo. Le bleu passe avec l'automne…

— C'est sans importance. Ça me fait plaisir de voir ton travail. Tout ce travail, encore. On dirait que tu as davantage de plantes que l'année passée. Je me trompe ?

— C'est que je ne suis plus seul.

— Plus seul ?

J'écoutais la conversation en triant du bois derrière un muret contre lequel on adossait les pelles, les bêches, les râteaux. Je m'étais éclipsé au moment où l'élégante cliente était apparue dans la jardinerie. Ce n'est qu'après que j'avais compris qu'il s'agissait d'Adela Koller, la dame chez qui j'avais livré les fleurs bleues.

— Lucio, tu es par là ?

Je n'aimais pas trop qu'il me présente aux gens, je préférais écouter. Je suis sorti de ma cachette, je n'avais pas le choix. Elle m'impressionnait. On aurait dit une directrice d'école ou quelque chose comme ça.

— Lucio m'aide bien, c'est un bon petit ouvrier.

— Ah oui, c'est donc Lucio qui est venu me livrer l'autre jour. Mais quel âge as-tu, *maintenant* ? s'est étonnée Adela. Il est très jeune.

Elle regardait Arrigo droit dans les yeux.

— Pas tant qu'ça.

Il mentait. Et ça se voyait.

— Vous savez, il n'a personne, faut bien que je lui donne à manger.

Elle s'est tournée vers moi, grave.

— Tu es orphelin ?

J'ai baissé la tête, gêné. Je regardais mes pieds, je trouvais mes Nike vraiment sales.

— Écoute, si Arrigo le permet, passe me voir un jour.

— Tout ce que vous voudrez, madame, s'est interposé Arrigo.

— Parfait, alors je préfère que l'on fixe cela, disons, après-demain, à quatorze heures trente.

— Il sera là.

Je restais muet. On ne me demandait même pas mon avis et je ne comprenais pas du tout pourquoi cette dame voulait me voir. Elle a coupé court à mon étonnement.

— À bientôt, *alors*. Je repasserai à la jardinerie un de ces jours, Arrigo. Tu auras reçu de nouvelles plantes ?

— Comme je vous l'ai dit, madame, quand l'hiver approche, il y en a moins de celles que vous aimez. Mais qui sait ?

— Oui, c'est vrai, j'avais oublié… Alors, à vendredi chez moi, Lucio, elle a dit en s'éloignant lentement.

— *Sí, señora*, j'ai bafouillé.

Elle s'est retournée en souriant, mais avec insistance. Quelque chose la tracassait.

Le vendredi est arrivé au pas de course. J'avais oublié le rendez-vous. Depuis son réveil, Arrigo était tendu. Ce n'est que lorsqu'il m'a demandé d'attraper le buddleia qu'il affectionnait particulièrement et de l'offrir à la *señora* Adela que je me suis souvenu. J'ai passé mes avant-bras et mon visage sous l'eau, il m'a tendu un peigne. Mes cheveux étaient tellement emmêlés que je ne savais plus comment m'y prendre. Je tirais comme un fou sur les nœuds. Arrigo s'est mis à rire.

— Laisse tomber, *negrito*, t'es mignon quand même.

Mignon, moi ? Quelle drôle d'idée. J'ai souri. Il m'a donné une petite tape sur la tête, juste un effleurement. Je l'ai pris comme un encouragement.

Sur le chemin, avec mon cadeau au bout des bras, ou plutôt celui d'Arrigo, j'avais presque l'air d'être des leurs. Je veux dire d'un enfant du quartier. Comme quoi, il suffisait de bien peu de chose, se tenir droit, être bien mis, bien peigné, garder la tête haute. La bonne a entrouvert la porte de service où j'avais sonné et m'a demandé de me rendre au portail principal. Décidément, ils ne savaient pas ce qu'ils voulaient dans cette maison. J'ai donc sonné une seconde fois, la cloche a retenti dans la maison, le portail s'est ouvert automatiquement, j'ai traversé un jardinet. Derrière la porte d'entrée en bois exotique clair, une entrée gigantesque et rutilante s'étirait jusqu'à un escalier. Adela devait être très riche et très maniaque. Elle m'a appelé d'une autre pièce, la bonne m'a poussé en avant et elle a disparu.

Dans le salon, le haut des baies vitrées en arcades était rehaussé de petits carreaux colorés – les mêmes que ceux de la tourelle qui surmontait la maison. La lumière extérieure les traversait et projetait des arcs-en-ciel sur les murs blancs, à l'opposé. Je retenais mon souffle, je n'étais vraiment pas à l'aise. Adela était installée dans un fauteuil en velours rouge. Elle a posé son livre ouvert sur l'accoudoir et s'est levée, difficilement.

— Ne reste pas là comme un piquet. Je ne suis pas une sorcière, tu sais.

J'ai avancé de quelques pas. Le buddleia m'encombrait. Elle s'est approchée et m'a tendu la main. Ses longs doigts remuaient lentement. Des doigts de pernicieuse, aurait dit ma mère, qui trouvait toujours quelque chose à critiquer chez les autres. J'ai posé le pot sur le parquet, lui ai tendu à mon tour ma main avec mes ongles sales, gêné. J'avais eu beau les frotter avec une brosse spéciale, la terre y était restée incrustée. Elle l'a longuement gardée entre ses doigts – une caresse embarrassante. Puis, elle m'a proposé d'aller nous promener dans son jardin.

— La plante, c'est pour vous, j'ai bafouillé. C'est Arrigo.

— Tu le remercieras bien, on voit que cet arbre à papillons va être splendide. Vivement le printemps prochain.

J'avais renversé un peu de terre, elle faisait comme si elle n'avait rien vu. Peut-être que ça lui était égal. La bonne nettoierait.

— Allez, on va prendre l'air.

Le mauvais temps s'annonçait. Le ciel s'était chargé de nuages épais et le bleu des fleurs virait au gris dans le foncé de l'après-midi. Des hirondelles tournoyaient. Je me suis détendu.

— L'orage approche, elle a dit en traînant derrière moi.

C'est là que j'ai remarqué qu'elle boitait. C'était à peine visible, mais, en regardant bien, sa cheville droite était anormalement maigre, si fine qu'elle ployait presque quand elle touchait le sol. Une patte d'oiseau chétif.

— Raconte-moi, *alors*. D'où viens-tu *encore* ?

Elle avait une drôle de façon d'accentuer les mauvaises syllabes, comme ceux qui dansent sans avoir le sens du rythme, et terminait souvent ses phrases par des adverbes hasardeux.

— Ne te force pas. Si tu ne veux pas, laisse *maintenant*.

Elle a enlevé ses souliers, j'ai défait mes lacets. Au fond du parc, des pétales flottaient sur l'eau d'un bassin. Elle s'est assise sur le rebord, a plongé ses pieds dans le liquide fleuri. J'ai fait pareil. Les paupières mi-closes, elle s'est mise à chanter :

— *Yo vendo unos ojos negros,*
¿ Quién me los quiere comprar ?
Los vendo por hechiceros,
porque me han pagado mal[1].

Une drôle de chanson. Était-ce parce que j'avais les yeux noirs ? Je me suis mis à avoir peur. Elle n'allait quand même pas arracher les miens pour les vendre ? Je me concentrais sur les paroles, non, ce n'était pas ce que j'imaginais, et le chuchotement d'Adela rendait encore plus triste cette histoire d'amour malheureux.

— *Las flores de mi jardín,*
Con el sol se descoloran[2]...

Sur le mur de pierre, en face de nous, des passiflores grimpaient et disparaissaient de l'autre côté de la propriété. Qu'est-ce qu'il pouvait bien y avoir derrière la clôture ? Si j'avais pu me transformer en papillon, j'aurais bien aimé aller y faire un tour. Espionner.

Nos jambes trempaient toujours dans le bassin et le bout de son orteil me chatouillait la plante des pieds.

---

1. « Je vends des yeux noirs, qui veut me les acheter ? / Je les vends, ces yeux ensorcelants, parce que j'ai été flouée », *Yo vendo unos ojos negros*. Auteur : Pablo Ara Lucena, © Succession Ara Lucena.

2. « Les fleurs de mon jardin, sous le soleil se décolorent » *Ibid.*

— Lucio, tu n'es pas d'ici *alors*?

Ma respiration s'est bloquée d'un coup. Ça n'allait pas recommencer!

— Ne t'inquiète pas, je sais garder les secrets, et parfois il vaut mieux les partager avec une personne, une seule personne *surtout*, bien choisie, sinon le secret t'étouffe…

— Non, j'ai coupé net.

— Non?

— Je sais plus, je sais pas, je me suis juste perdu, mais ça va maintenant.

— Comment ça, tu t'es perdu?

— Enfin… c'est elle qui a disparu.

— Qui ça, elle?

— Ma mère.

— Ta mère? Comment ça? Tu peux essayer d'être plus clair *alors*?

— Mais non, puisque je vous dis qu'on s'est perdus.

Curieusement, elle n'a rien ajouté, malgré son air soucieux. On a sorti nos pieds de l'eau, qui s'était rafraîchie, et on a continué à se promener sur la pelouse. L'air moite alourdissait les feuilles, un grondement de tonnerre a retenti au loin. Gras et pesant. Quand on est revenus dans le salon, du jus de fruits nous attendait dans un pichet en verre soufflé. La bonne est entrée avec deux coupes de glace. Elle m'en a tendu une. J'aurais voulu engloutir les boules fraîches à la fraise, mais j'ai fait attention à ne prendre que des cuillerées raisonnables.

— Tu aimes la musique, Lucio?

J'ai hoché la tête. Elle a mis un CD. Du bout des doigts. Des notes rapides se sont échappées des enceintes. On était toujours pieds nus. L'orage a éclaté.

Quand je suis rentré, la tempête avait détrempé la jardinerie. Elle prenait l'eau. Arrigo était mal, ça allait faire pourrir les plantes. Le marchand ambulant de vitres s'est arrêté devant le portail pour nous saluer. Arrigo l'aimait bien. Il lui avait trouvé un surnom, Pulpo, à cause de ses bras tentaculaires. Quand il remplaçait un carreau cassé, il tenait la vitre à bout de bras et l'ajustait à vue. Arrigo l'invitait souvent à boire un maté avec nous sur la terrasse en bois qui longeait la maison. On y avait installé de grands sacs de riz en toile de jute sur lesquels on se vautrait quand on avait un moment. *Made in Argentina.* C'est ce qui était marqué en gros caractères noirs. Du riz argentin pour les Chinois, s'exaspérait Arrigo. Un comble ! Je ne voyais pas pourquoi ça le gênait, que les Chinois mangent notre riz. C'est que le riz que nous on mange, on leur achète à eux ! il me répondait. Il y avait beaucoup de choses chez les adultes que je ne comprenais pas. Ensemble, Pulpo et Arrigo parlaient de ce *país de vendidos,* de tous ces corrompus. Mais aussi des Boca Juniors et de l'équipe des Vélez – *imperial,* ils disaient. Parfois, je me demandais s'ils n'étaient pas un peu abrutis. Ils passaient leur temps à répéter la même chose, en recrachant par terre des brins de maté qu'ils aspiraient sans le vouloir avec notre vieille paille en métal déglinguée, la seule qui fonctionnait encore. Le ton montait, Pulpo donnait des coups sur notre façade ou sur les piliers de la terrasse, mais ça restait toujours bon enfant. J'adorais que la maison prenne vie.

— Dis donc, pour venir jusqu'ici, j'ai pas pu passer par la rue *Perú*, c'est totalement inondé, s'est plaint Pulpo. Et puis, j'vois pas comment je vais pouvoir remonter… Tout ça pour c'vieux con de Davido qui a fait exploser une baie vitrée en déplaçant son armoire.

— Cette crue est une plaie, a renchéri Arrigo qui balayait l'eau boueuse devant la maison, j'espère que l'eau va vite redescendre.

— Tu t'souviens du jour où le fils Posadas s'est noyé ?

— Le petit Miguel… Quelle tragédie. Depuis, sa mère est devenue folle. Faut dire qu'elle n'a jamais lésiné sur la bière, toute fine qu'elle était avec son gros ventre gonflé.

Ça m'inquiétait, cette histoire d'eau qui montait. Je ne savais pas nager et la seule fois où j'avais perdu pied remontait à mes horribles vacances chez mon oncle, où mon cousin s'était appliqué à m'attirer vers la zone la plus profonde d'un étang tout noir. Il me détestait autant que son père me désirait.

— Tant que les talus et les digues retiennent les vagues, ça devrait aller…

Les vagues ? Quelles vagues ? J'imaginais la mer surgissant au-dessus de nos têtes, un mur gigantesque d'eau qui recouvrirait toute la jardinerie, le quartier, et nous en train de nous débattre dans les flots. Rien que d'y penser, j'avais l'impression d'étouffer, de me noyer. Et puis, après le déluge, il n'y aurait aucun survivant, à part

Adela dans sa belle maison en haut de la côte. Adela Koller, penchée à sa fenêtre, face au désastre. Dans les eaux boueuses, nos cadavres et ceux des plantes disparaîtraient lentement sous un soleil de plomb.

Après le départ de Pulpo, Arrigo est allé actionner sa pompe de relevage des eaux, qu'il avait conçue avec des rebuts de tuyaux, de canalisations, et un système de turbine fait maison. Il faisait encore jour, j'ai eu envie d'aller faire un tour. J'ai longé le grillage de la jardinerie et je me suis éloigné. Je n'avais pas prévenu Arrigo, ça me rendait nerveux et joyeux à la fois. C'était l'aventure. Pour la première fois, je partais explorer les alentours, de l'autre côté du talus.

Les marécages ne facilitaient pas mon expédition, alors j'ai suivi le remblai, en avançant tant bien que mal sur sa crête. En me retournant, la jardinerie, que je voyais rapetisser, ressemblait à un dépotoir. Je découvrais de nouveaux paysages. À des bosquets d'eucalyptus et d'acacias succédaient des eaux stagnantes, des haies de lys et d'hibiscus sauvages, des terriers, des nids tombés des branches. La tempête avait marqué son passage, la nature sortait difficilement la tête de l'eau. Ici et là, des sacs en plastique, des pages de journaux, des débris jonchaient le sol. Devant moi, une aigrette blanche s'est élancée au-dessus des herbes. Des grenouilles chantaient avec de petits coassements aigus. Un peu plus loin, sur un promontoire, trois ados affalés sur leurs vestes fumaient, casquettes vissées sur la tête, jambes emmêlées. Leurs vélos gisaient au pied de la butte. Un animal a couiné dans un buisson, une belette s'est enfuie presque entre mes jambes, un chien a aboyé. Je m'enfonçais toujours plus loin. Pour rentrer, ce serait facile, il suffirait de suivre le même chemin à l'envers. Rebrousser chemin, aurait précisé ma mère qui ne supportait pas les approximations. Ce genre de chose là doit s'éviter, aurait-elle ajouté. Ce qui fait qu'en règle générale je la bouclais.

Subitement, je l'ai vue. La mer. Brun clair. La terre ferme s'arrêtait quelques mètres plus loin dans les joncs, puis l'eau recouvrait l'infini, se mêlait au ciel. C'était peut-être ça, le bout du monde. Et c'était magnifique. Au bout d'un ponton, de dos, un homme assis sur une glacière, jean glissé dans des bottes qui lui remontaient jusqu'aux cuisses, lançait sa ligne. Les manches de son pull-over pendouillaient sur ses poignets. Un molosse dormait à ses pieds. Quand il a commencé à tirer sur sa canne à pêche, le berger allemand s'est mis à aboyer sans conviction et sans changer de position, le museau posé entre ses deux pattes avant. Quelques pas de plus et je me suis enfoncé dans la boue. Paniqué, il a fallu que je me hisse bon an mal an sur le talus, où je me suis reposé, jambes repliées. Le vent faiblissait. La terre tournait au ralenti. Voilà, c'est elle, j'ai pensé. La mer, pour la première fois. Si seulement j'avais su qu'elle était là, tout près de la jardinerie. Mais Arrigo ne m'avait rien dit.

Quand je suis rentré à la maison, il avait terminé sa soupe et me faisait la gueule.

— La prochaine fois, préviens-moi quand tu pars. Ça m'évitera de m'inquiéter.

— La mer ! J'ai vu la mer ! j'ai crié, fou de joie.

Comme je ne savais plus comment on disait la mer en espagnol, j'avais opté pour *maré*.

— La mère ? Quelle mère ? il a demandé, inquiet.

— La mer ! *La maré*, j'ai vu la mer, je répétais en roulant les r autant que je pouvais.

— *¿ Tu madre ?*

C'était comme si je recevais un poing dans l'estomac.

— *¿ Mi madre ?*

Pourquoi parlait-il de ma mère ? Il était vraiment stupide. On ne comprenait plus rien ni l'un ni l'autre à ce qui se passait.

— Répète calmement, il a fini par articuler avec douceur. Qu'est-ce que t'as vu ?

— *¿ La maré ?* j'ai bredouillé.

D'un coup, il a éclaté de rire, ses dents mal rangées étaient d'un blanc éclatant. Il s'est levé et s'est dirigé vers la gazinière. Lentement, il a vidé le reste de sa soupe *especial* composée de carottes, d'oignons et de lait, sa préférée, dans un bol. En me le tendant, il m'a corrigé :

— *¡ El mar, pibe ! La maré no. El mar...* Et ce que tu as vu n'est pas exactement la mer, mon garçon. Juste un début. Ici, c'est l'estuaire du Río de la Plata. La mer, la vraie, commence plus loin.

La nuit était tombée. Le froid aussi, dans mon dos et au bout de mes doigts. On ne voyait plus que des ombres dans la pièce. Arrigo attendait toujours le plus longtemps possible avant d'allumer le néon au plafond, pour économiser et aussi pour que les passants ne soient pas vraiment au courant que la jardinerie était habitée. Pas sûr que l'on ait le droit de vivre là. La maison était plutôt destinée à servir de local commercial ou d'entrepôt.

Pour nous réchauffer, il avait disposé un tas de petit bois dans une sorte de cheminée en hauteur, tout en brique, dont on se servait aussi pour faire griller des saucisses les jours fastes. Pendant qu'il y mettait du feu, je buvais mon potage. Je me sentais encore ridicule de m'être trompé de mot, ça me restait en travers de la gorge. Alors, pour m'apaiser, je faisais fondre les morceaux de carottes contre mon palais en regardant par la porte.

Dehors, la terre avait séché. L'engin inventé par Arrigo était venu à bout de l'inondation. La jardinerie avait un aspect triste, abandonné. Les semaines précédentes, on avait vendu les dernières belles plantes au rabais. Et Arrigo avait donné quelques-uns de ses végétaux préférés à ses meilleurs clients, comme le buddleia offert à Adela. Quand il fait froid, les gens s'occupent moins de leur jardin, ils vont acheter des fleurs coupées qui viennent du Brésil, alors il faut se renouveler, m'avait-il expliqué. Depuis peu, il s'était mis à cultiver des cactus et des plantes grasses aux formes étranges sous des mini-serres au fond de la maison. On était allés en vendre sur un marché près d'une église moderne, dans un quartier plus au nord.

Enfin, on avait essayé. Même pour les riches, les temps avaient l'air difficiles. C'est ce qu'ils nous disaient sur le ton de la confidence après avoir tripoté les cactus sans rien acheter. C'était drôle, cette façon que les riches avaient de toujours se justifier.

Le lendemain, j'ai décidé de retourner voir Adela. Elle m'avait dit : Tu reviendras, n'est-ce pas ? C'était la fin de l'après-midi, une humidité froide s'insinuait à travers les mailles des vêtements, glaçait les os. Pourtant, Arrigo m'avait trouvé un bon pull-over beige dans son placard, avec deux petits trous dans le dos, des mites sans doute, et un blouson épais en skaï couleur rouille, on aurait dit de la toile cirée. Il m'avait montré comment superposer deux paires de chaussettes pour ne pas avoir les pieds gelés, moi, dans mes fausses Nike dont la semelle se craquelait, lui, dans ses boots déformées. Dans le quartier, nos plus proches voisins, en amont, nous traitaient de clochards, nous évitaient en soufflant. Ils habitaient des maisonnettes briquées et tirées à quatre épingles, précédées de jardinets presque entièrement carrelés. Les autres, en bout de route, ne nous voyaient même pas. Leurs bicoques ajustables, en fonction des naissances ou des compatriotes en transit, résistaient aux intempéries. Là-haut, les riches, eux, s'offraient nos services, comblés par notre dévouement et convaincus de faire acte de charité. Arrigo se fichait totalement des uns et des autres : le commerce, c'est de la fermer. Excepté si on s'aventurait à me traiter de *negrito de mierda*. Ce qui arrivait parfois. Lui, toujours si calme, se mettait alors à hurler, sa rage crissait, tranchait, claquait. Il faisait peur.

Arrivé chez Adela, j'ai trouvé porte close. J'ai insisté quand même, un coup de sonnette par-ci, un autre par-là, j'attendais. Je prenais le temps – ce qui était devenu rare avec la vie que nous menions. La rue avait complètement changé d'aspect en quelques semaines. Elle respirait l'hiver. Malgré les palmiers dans les jardins. Malgré les cactus et les lianes emmêlées à l'angle de la rue où le gardien du quartier surveillait les allées et venues. Il s'était enfermé dans sa guérite et on le voyait à peine derrière ses panneaux de plastique transparents. Il avait tiré un fil électrique d'un poteau pour brancher un petit radiateur et il restait là-dedans, avec son poste de radio toujours allumé et ses quatre chiens attachés à un arbre.

Au bout d'un moment, il est sorti de sa guitoune, tout raide. Il avait du mal à plier les genoux et a essayé de secouer ses jambes en s'appuyant sur la tôle. Il a crié :

— Dis-moi, petit ! Oui, toi là-bas, qu'est-ce que tu traficotes ? Tu vois pas qu'y a personne ?

Je me suis dirigé vers lui. Une voiture a pris le virage, sans ralentir, m'a frôlé en m'éclaboussant.

— J'ai rendez-vous avec la *señora*, j'ai fini par répondre sans me démonter.

— Écoute, elle est sortie, là, et c'est le jour de congé de la bonne. T'as pourtant rien à lui livrer, il me semble ?

— C'est elle qui m'a dit de venir.

— M'étonnerait ! Elle reçoit personne, la *dueña*, et

je vois pas pourquoi elle inviterait un mioche comme toi à entrer chez elle.

— Ben si, j'suis déjà venu…

— La livrer, oui ! Je vous connais, toi et l'Arrigo de mes deux.

— La livrer et aussi la voir.

— Écoute, tu vas rentrer chez toi maintenant, ou chez qui tu veux, mais tu restes pas dans ce secteur, compris ?

Une porte de voiture a claqué dans notre dos. Adela venait de descendre d'un taxi. Elle regardait dans notre direction en clignant des yeux et s'appuyait sur sa canne, qu'elle a levée pour nous faire signe. Surpris, le gardien a agité la main en lançant :

— *¿ Todo bien, señora ?*

— *Sí, sí*, elle a dit agacée. Tout va bien. *El nene*, envoie-le-moi *aussi*.

— Ah, j'pensais…

— Ne pense pas. Fais ce que je te dis, Pedro !

Vexé, il a replongé dans son abri comme dans un terrier, en essayant de faire claquer la porte en plastique, mais elle s'est rabattue violemment dans l'autre sens, avec le vent.

23

Il lui avait suffi d'appuyer sur un interrupteur et toutes les lampes du salon s'étaient allumées. Les abat-jour étaient tous de la même couleur, bleu Klein – une obsession. Elle avait déposé son sac et sa canne dans l'entrée, au pied de l'escalier en pierre. Un tapis fixé par des barres dorées grimpait le long des marches jusqu'à l'étage. De quoi faire un bon toboggan. Pendant qu'elle jetait un œil sur le courrier posé au bord d'une console, j'ai arpenté le salon tout en arcades, un peu comme dans une église.

— Je suis contente que tu sois venue *alors*. Tu as faim ? Tu veux un jus, un chocolat chaud ?

— Non merci, madame. Ça va.

— Assieds-toi où tu veux, je reviens.

Quand elle marchait sans sa canne, elle faisait glisser son pied en le traînant sur le sol avec un léger frottement. Elle avait peut-être eu un accident. Ou une maladie. Elle a mis de la musique. Je me suis enfoncé dans le canapé en velours, le regard agrippé au plafond. *Todos me dicen el negro, Llorona, negro pero cariñoso*[1], mes paupières s'alourdissaient, je tanguais, *aunque la vida me cueste, Llorona, no dejaré de quererte*[2], j'entendais au loin comme des sanglots, ma mère pleurait, vêtue de la petite robe violette de mon placard. Ses mains d'enfant étaient attachées avec un torchon, elle aurait pu les détacher, mais elle les tenait devant elle comme si elle priait. La voix de ma grand-mère se mêlait à celle de mon grand-père. Ils riaient. Une ombre est apparue sur le mur. Étrange. S'il te plaît, suppliait ma mère. Je n'arrivais pas à déchiffrer la suite. Elle est tombée à genoux. Puis s'est évaporée. Quand j'ai ouvert les yeux, Adela me caressait le front. J'étais tourneboulé.

Des trombes d'eau. Dehors, c'était le déluge. Le ciel s'était assombri et des rigoles de pluie se formaient le long des vitres. À l'abri, il faisait bon, mais je n'arrivais pas à me débarrasser de l'humidité poisseuse de mes vêtements, et mes cheveux ébouriffés collaient à ma figure.

— Ça te fait plaisir d'être ici ?

Je ne savais pas quoi lui répondre. Elle avait changé de disque et regardait un tableau. Un voilier argent et noir se reflétait sur des flots blanc cassé.

— La France, un beau pays.

---

1. « Tous m'appellent le Noir, Pleureuse, noir mais affectueux » (chanson mexicaine).
2. « Bien que cela m'en coûte la vie, Pleureuse, je ne cesserai de t'aimer », *ibid.*

J'ai rougi. Pourquoi me parlait-elle de la France ? Et si elle m'avait démasqué ? Il fallait que je réponde quelque chose, mais je ne trouvais rien à dire. Elle s'est levée.

— Ça te dirait qu'on fasse un jeu ensemble ? Tu aimes dessiner ?

— J'aime bien.

— On va prendre une feuille et s'amuser.

J'avais l'impression de redevenir tout petit, son idée ne me plaisait qu'à moitié. Elle a fouillé dans un tiroir et s'est installée avec difficulté par terre, sur un tapis d'Orient, en repliant ses deux jambes. Sur la table basse, elle avait disposé de grandes feuilles de papier, des feutres et un sablier. Elle a réfléchi un instant avant de se mettre à dessiner. En quelques traits, elle avait formé un œil. Un œil vert.

— À toi, Lucio. Tu ajoutes ce que tu veux à mon dessin. Quand le sable aura terminé de couler dans le sablier, ce sera à nouveau mon tour. Ensemble, on va créer quelque chose d'inattendu. Tu vas voir, c'est étonnant de laisser libre cours à son imagination.

Elle me mettait mal à l'aise, mais je n'avais pas vraiment le choix. J'étais venu jusque chez elle. Pas question de me défiler grossièrement, je n'avais pas l'intention de lui faire de la peine. J'ai attrapé un feutre et j'ai ajouté une longue tige sous l'œil. Le dessin prenait vie. Des chauves-souris à cheval sur un âne, un soleil pris dans des filets, un doigt surgissant du ciel. Une vie étrange emplissait peu à peu la page. Je me sentais léger.

Quand elle a vu que j'en avais assez, elle a rangé minutieusement notre dessin dans le tiroir d'une commode et a lancé un film. On s'est hissés sur son canapé. Mon ventre gargouillait. Sur l'écran, un incendie faisait fuir les animaux de la savane. Elle s'est levée et elle a disparu. Quand elle est revenue, je m'étais caché la tête derrière un coussin pour ne plus avoir peur, elle m'a glissé un toast tiède plié en deux dans la main, une sorte de croque-monsieur avec de la moutarde sucrée. À cet instant-là, j'aurais voulu ne plus jamais quitter ni le canapé ni Adela. Comme lorsque ma tante me gardait le week-end et qu'elle m'appelait son petit prince. Je me suis rapproché, elle s'est mise à grattouiller mon crâne du bout des ongles. Je n'avais pas vu le temps passer, dehors, il faisait nuit. Au premier bâillement, elle m'a demandé si j'étais fatigué. Au second, elle s'est levée.

— Tu veux dormir ici ? Il fait noir dehors maintenant et la pluie ne cesse de tomber. On pourrait appeler Arrigo.

— Je ne crois pas, il a plus de forfait, et puis, il sera fâché.

— Fâché ? Pourquoi *alors* ?

— Je sais pas.

— Écoute, je n'ai pas de voiture en ce moment, et moi, ça me déplaît que tu redescendes comme ça tout seul dans le froid et l'obscurité. Je te prépare un lit et, demain, tu rentres chez toi. S'il y a un problème, je prendrai sur moi. Arrigo sait bien que tu es ici ?

Je ne savais plus si je le lui avais dit. J'ai menti.

— Bien sûr !

J'avais envie de rester dans ce havre rassurant. J'imaginais la rue qui descendait vers la jardinerie, l'ombre agitée des arbres sur le trottoir, le halo orangé des réverbères, l'eau de pluie en cascade dans le caniveau. Je frissonnais.

— ¿ *Vamos ?* elle a susurré, joyeuse.

— On y va ! j'ai acquiescé, transporté.

Je l'ai suivie dans l'escalier. Sur le long tapis qui le recouvrait, une enfilade de papillons brodés s'étirait jusqu'en haut des marches. Avec leurs ailes à moitié rabattues, ils semblaient sur le point de s'envoler. Arrivée sur le palier, elle m'a indiqué une petite chambre.

— La salle de bains est juste à côté. Regarde sous le lavabo, tu trouveras des serviettes, une brosse à dents neuve et du dentifrice. Je t'apporte un long tee-shirt, ça te fera une chemise de nuit.

Elle a éclaté de rire. J'adorais sa façon de rire. Comme une poignée de cailloux blancs lancés gaiement en l'air. Une éternité que je ne m'étais pas brossé les dents. Je n'y pensais même plus. Quand j'ai commencé à frotter, la fraîcheur du dentifrice a éclaté dans ma gorge et dans ma tête. Je briquais mes dents à m'en faire saigner les gencives, il fallait que j'enlève la crasse. Le sale. Le miroir me renvoyait l'image d'un jeune garçon, tignasse folle, longs cils, joues creusées. J'avais grandi, même peut-être vieilli. Je ne me reconnaissais pas. Mes pommettes pointaient sous ma peau gris foncé.

— Tout va bien, Lucio ?

Adela allait et venait derrière la porte, ouvrait et refermait des placards.

— *¿ Todo bien ?* elle a redemandé.

— Oui, j'ai bientôt terminé !

Une fois ma bouche rincée, je me suis passé la langue sur les dents, elles étaient douces et la menthe m'avait rendu les idées claires. J'ai ouvert la porte en souriant.

— *¡ Que lindo morochito !* elle a laissé échapper en tapotant un oreiller.

Moi, un beau petit brun, quelle idée. Je l'ai suivie dans la chambre et je me suis jeté sur le lit. La tête enfouie dans l'oreiller, j'ai fermé les yeux, bouché mes oreilles et je me suis endormi, sans plus attendre.

En me réveillant, j'ai cru que j'étais à la maison. À Paris. Mais non. Ce n'était pas ma vraie chambre. Alors je suis resté caché sous la couette. Jusqu'à ce que j'entende quatre petits coups timides sur la porte. Je ne bronchais pas. Pourvu que personne n'entre et que je puisse rester là, au chaud, le plus longtemps possible. Je priais : Mon Dieu, faites qu'on m'oublie, que je me rendorme, que la nuit revienne et qu'elle dure toujours. La porte s'est entrouverte, j'ai passé la tête hors des draps, c'était la bonne, j'ai immédiatement refermé les yeux, pour faire semblant de dormir.

— *Che, nene,* c'est l'heure de te lever. Il est midi passé.

Ses ongles me chatouillaient la plante des pieds, j'ai crié *aïe, no*, en donnant de grands coups. Elle a attrapé ma cheville, l'a plaquée contre elle pour m'empêcher de bouger. C'était désagréable au possible. J'ai fini par libérer mes jambes et j'ai jailli hors du lit. Elle a éclaté de rire en me voyant dans le tee-shirt qui m'arrivait aux genoux.

— Allez, tu t'habilles et tu me rejoins à la cuisine.

J'ai attendu qu'elle sorte. Et j'ai replongé sous les draps.

Des œufs frits, du pain beurré et du lait chaud. J'avais fini par descendre parce que ça sentait une délicieuse odeur de grillé. La cuisine donnait sur un patio pavé très lumineux. Sur la table, un bouquet de petites fleurs bleues. Je mangeais tout seul, pendant que la bonne cousait dans un coin. Elle ne me parlait pas, j'ai pensé qu'elle devait être fâchée parce qu'elle allait avoir plus de travail à cause de moi. Une fois mon petit déjeuner avalé, je me suis levé le plus discrètement possible. Elle m'a juste dit :

— Tu vas pouvoir y aller maintenant.

— Adela n'est pas là ? j'ai demandé.

— Non, la *señora* est sortie et j'ai du travail, moi. Alors, tu y vas et tu me laisses tranquille.

J'étais vexé. En passant près du grand escalier, j'ai cru entendre du bruit à l'étage. J'ai hésité. Mais j'ai finalement pressé le pas. Arrigo devait m'attendre, soucieux, j'avais eu tort de rester. Le portail s'est refermé doucement dans mon dos. Une fois dans la rue, une sensation de vide. Insupportable. Le froid remontait le long de mes jambes. Je suis resté là, sans bouger, quelques minutes. Puis, je suis rentré.

— Bon sang ! J'en étais sûr. T'étais là-bas ! T'aurais pu me prévenir. Je t'ai attendu toute la nuit. C'est quoi, ces façons de faire ? Tu ne dis jamais rien ! J'ai cru qu'il t'était arrivé quelque chose ! Je t'ai cherché jusque dans les marécages.

Je me suis approché d'Arrigo, en le fixant, les mains crispées.

— Je ne suis pas à toi.

— T'es peut-être pas à moi, mais je te nourris et je t'héberge !

— Je travaille pour ça.

— J'peux aussi te foutre dehors !

— D'accord.

— D'accord ?

Il m'a attrapé par le bras et m'a traîné dans l'allée. Les cailloux avaient pris une teinte verdâtre et les traces que laissaient mes pieds dans le gravier noircissaient avec l'humidité. J'ai fini par me dégager et j'ai filé dans la serre. À première vue, on ne voyait pas qu'elle était fabriquée avec des bouteilles en plastique. J'avais pris la peine de sélectionner des roseaux à des longueurs et des formes égales pour les maintenir, puis j'avais attaché avec soin chaque point d'intersection avec du raphia. Le résultat nous avait surpris, Arrigo et moi. J'avais fait du beau travail.

Pour me détendre, je me suis mis à inspecter les

quelques plantes qui y hibernaient. Je tripotais la terre, la faisais rouler entre mes doigts, la malaxais, la humais. Ma mauvaise humeur s'était envolée. Après avoir déplacé, nettoyé et trié quelques pots, je suis sorti ratisser les feuilles mortes. Personne en vue. Tant mieux. J'ai allumé un feu sous la bruine avec les pages d'un journal, des branches sèches et des morceaux d'écorce. Puis, j'y ai ajouté par petits paquets le tas de feuilles mortes. Une fumée blanche se dissipait dans l'air mouillé. La nuit tombait déjà et je n'avais rien dans le ventre. Je me suis assuré que rien ne puisse s'enflammer autour et je me suis dirigé vers la maison.

L'eau bouillait. Arrigo épluchait des pommes de terre en écoutant la radio. Comme toujours, un match de foot. Le commentateur parlait si vite qu'on avait l'impression qu'il était au volant d'une voiture de course. Quand il suivait un match, Arrigo était inabordable. Inutile de lui adresser la parole, il était ailleurs, dans les gradins, avec les autres supporters. *¡ Dale Vélez !* Si un joueur marquait un but, il beuglait, hululait, faisait plusieurs fois le tour de la table en dansant comme un Indien, la main dressée derrière la tête, les doigts écartés comme des plumes de faucon. Mais, si d'aventure l'ennemi mettait la balle dans le filet, il était alors capable de balancer sur le mur tout ce qu'il avait sous la main. Un match de foot faisait d'Arrigo un autre homme. Presque un animal. J'ai empoigné un économe et me suis mis à éplucher à côté de lui.

Arrigo savourait sa joie. *¡ Que golazo, pibe !* il avait

gueulé en me prenant dans ses bras. Un putain de but, mon gars ! Vélez avait remporté le match contre Arsenal. 2-1. Moi, ça ne me disait trop rien.

— Pourquoi t'étais chez elle ?

J'avais fini de couper les carottes en rondelles. Je passais le couteau et l'économe sous l'eau en sifflotant.

— Hé ! J'te demande pourquoi t'as passé la nuit chez la *señora* Adela ?

— Elle m'a invité.

— Elle t'a invité ? Toi ? C'est quoi, cette histoire ? Comment une dame comme elle peut inviter un garçon comme toi à passer la nuit chez elle ? Un garçon qu'elle ne connaît même pas, et d'ailleurs pour quoi faire, hein ?

— T'es énervé parce que t'aurais voulu qu'elle t'invite toi.

— Moi ? T'es complètement dérangé !

Arrigo s'est levé, je ne l'avais jamais vu dans un tel état. Il a attrapé un paquet de cigarettes dans une poche de sa veste, il est sorti. Par la porte restée ouverte, je le voyais inspirer de longues bouffées. Les rafales de vent envoyaient des giclées de gouttes dans l'entrée. Je suis allé m'allonger sur mon lit de camp, tout habillé. Plus rien ne m'importait, à part me sentir bien. Et surtout qu'on ne m'emmerde pas.

— Lucio, j'arrête de te parler de la nuit dernière, mais tu veux bien m'en dire un peu plus sur toi ?

— De toi non plus je ne sais rien, Arrigo.

Ma voix en imposait soudain. Elle me venait de très

loin, peut-être de là où je serais un jour. Plus tard. Je me transformais. Même Arrigo me regardait étrangement.

— Tes parents sont morts, petit ?
— Non, ils sont pas morts.
— Alors il faut absolument que tu rentres chez toi ! Moi aussi, quand j'avais ton âge, je me suis fâché avec mon père et j'ai fugué, mais jamais plus de vingt-quatre heures, bon sang ! On en reparle demain.

Il s'est aussitôt levé pour se mettre en pyjama. Décidément, je n'étais pas tiré d'affaire. Après avoir bordé avec application son lit, Arrigo s'est mis à chantonner une berceuse, ce qui n'avait rien de normal. Puis, comme chaque soir, pour ne pas défaire son lit au carré, il a essayé de se glisser entre ses draps en se faisant aussi mince que possible. Comme une enveloppe que l'on glisse dans une boîte aux lettres. Une enveloppe à carreaux verts et bleus.

Le lendemain, Adela est entrée dans la jardinerie. Elle était nerveuse, ça la faisait boiter un peu plus. Elle avançait dans l'allée centrale, en regardant de tous les côtés. Arrigo s'est approché d'elle en se passant la main dans les cheveux.

— *Señora* Adela ! Vous allez bien ? Je suis désolé pour l'autre soir. Lucio a du toupet, il vous importune. Est-ce bien vrai qu'il est resté dormir chez vous ?
— Vous ne saviez pas qu'il était avec moi ? Il m'a pourtant dit qu'il vous avait prévenu. Et s'il vous plaît, appelez-moi Adela tout court…

— Lucio !

Accroupi à quelques mètres d'eux, j'étais en train de récurer des bassines rouillées qui nous serviraient à baigner les plantes au retour des grandes chaleurs. Je me suis redressé derrière un massif de plumeaux couleur de brume. La bouche entrouverte, Adela a pris une profonde inspiration.

— Qu'est-ce que c'est que cette histoire, Lucio ?

Je gardais le silence. Je savais bien qu'il valait mieux se taire. Les mots finissent toujours par se retourner contre soi. Je le savais d'expérience. Pas avec un mot, mais avec un crachat. Un après-midi à Paris, je rêvassais sur notre petit balcon, les nuages défilaient à toute vitesse au-dessus de l'immeuble d'en face et disparaissaient comme aspirés par une fissure invisible dans le ciel. J'écartais les bras, les yeux fermés, en essayant de ne pas perdre l'équilibre – une folle envie de voler. Je m'imaginais debout sur la rambarde, pieds joints, bras en croix, prêt à m'élancer dans le vide. Mais, à l'idée de m'écraser sur le trottoir, j'avais immédiatement rouvert les yeux, en soufflant plusieurs fois par le nez. Pour exorciser ma peur, j'avais ensuite craché face au vent. Mon crachat était instantanément revenu se plaquer sur mon visage, au coin de ma bouche. Ça m'avait fait rire. Et réfléchir. Finalement, pour un mot, c'était la même chose. Si on le prononçait trop vite et n'importe comment, impossible de l'effacer après. Les mots restent. De vrais poisons.

— J'espère surtout que vous ne vous êtes pas trop

inquiété, Arrigo. Avec un tel déluge, j'ai pensé qu'il valait mieux garder Lucio à la maison. Je n'aurais pas dû. J'ai commis une erreur…

— Non… Ce n'est pas grave, c'est juste que…

— Au fait, je voulais vous remercier pour le buddleia. Avec un peu de retard, *encore*. Merci Arrigo ! J'espère que vous ne m'en voulez pas. J'ai été très touchée. Un arbre à papillons…

Puis, comme rien ne se passait.

— Ça vous dirait de venir boire un verre à la maison ?

Arrigo avait du mal à cacher son trouble. Il réfrénait une explosion de joie.

— D'ailleurs, si vous n'êtes pas trop occupé, venez *maintenant*. Il fait un temps de chien. Vous pouvez peut-être remettre votre travail à plus tard ? Je vous emmène dans ma voiture.

Elle m'a fait un clin d'œil.

— J'ai enfin récupéré ma Twingo. Quinze jours qu'elle était au garage. Et tout ça pour un *choque* de rien du tout.

— Y'a aucun problème, s'est empressé de dire Arrigo. Je n'ai rien d'urgent à faire. Et puis, Lucio en profitera…

— Bien sûr, Lucio nous accompagne, l'a instantanément arrêté Adela.

Ça a dû lui déplaire. Il s'est figé. Pas longtemps. En un tour de main, les outils étaient à l'abri, les bottes balancées dans un coin de la terrasse. Il avait même trouvé le moyen de se gominer les cheveux et de passer une chemise. J'étais impressionné.

Adela conduisait vite. Très vite. À un virage, on est monté sur le trottoir et on a cassé la branche d'un cactus, en manquant heurter une voiture en stationnement. Elle s'est enfin garée devant chez elle en freinant brusquement. Arrigo est tout de suite sorti pour lui ouvrir sa portière, moi j'étais derrière, il fallait rabattre un siège pour que je puisse passer.

La présence d'Arrigo transformait la maison d'Adela. Rien n'était pareil. Le salon semblait grand et froid, je ne savais plus quoi faire de moi, ils discutaient dans le canapé. Une discussion animée avec des éclats de rire. La canne d'Adela avait glissé à leurs pieds. Elle avait allumé la télévision pour que je puisse me distraire, tu aimes les documentaires animaliers, n'est-ce pas, presque une injonction. C'était vrai, j'aimais ça. Excepté que celui-là était terrible. Une scène atroce montrait des chevaux sauvages congelés au milieu d'un lac soviétique. La glace les avait soudainement emprisonnés alors qu'ils essayaient de rejoindre l'autre rive et ils avaient sombré dans l'eau gelée sans avoir le temps de couler, on aurait dit une immense sculpture, flottant entre deux eaux, pour toujours. J'étais horrifié. Aujourd'hui encore cette image me hante parfois, sans que je sache si c'était bien réel.

Arrigo semblait maintenant à l'aise, il s'accoudait sur le dossier, pas loin de la tête d'Adela, légèrement penchée en arrière. Quelque chose avait changé dans leur façon de se parler. Ils marquaient des arrêts suspects, murmuraient, s'esclaffaient. Je ne voyais pas ce qu'il y avait de drôle, je trouvais même stupide cette façon de rire sans raison. Il lui racontait qu'un jour il s'était trompé d'adresse en allant récupérer une livraison de plantes exotiques chez un revendeur péruvien dans un quartier interlope. Il avait alors insisté en croyant que le gamin qui gardait l'entrée n'y connaissait rien. Mais plus il s'obstinait en répétant le nom des plantes rares, plus le gamin se dandinait, mal à l'aise. Jusqu'à ce que déboule un travesti – un quoi ? je m'étais demandé sans oser les interrompre – grand et mince, perché sur des escarpins roses. Il avait saisi Arrigo par la fesse en lui montrant une porte au bout d'un couloir tapissé de colonnes en trompe-l'œil. *Un quilombo para maricones*, avait pouffé Arrigo. Adela avait gloussé. *Maricones*, peut-être des poissons ou des coquillages, j'avais pensé. Arrigo avait dû confondre le fleuriste avec une poissonnerie. Comment aurais-je pu savoir qu'ils parlaient d'un « bordel pour garçons ».

Ils n'arrêtaient plus de bavarder. Comme s'ils étaient les meilleurs amis du monde. Pour moi, un enfer. Je me souviens, commençait l'un, écoute ça, continuait l'autre. Ils se racontaient des histoires d'adultes sans intérêt et ne faisaient plus attention à moi. C'était toujours la même histoire : dès que les adultes se retrouvaient entre eux, il n'y en avait plus que pour eux. J'avais l'habitude. Mais, cette fois-ci, ça me blessait. Jusque-là, Adela m'avait semblé assez âgée, mais, à l'observer sur le canapé à côté d'Arrigo, elle paraissait beaucoup plus jeune. Elle faisait mine de tirer sur sa jupe par convenance et hop la laissait remonter distraitement sur ses cuisses. Qu'est-ce qui lui prenait ? Il avait suffi qu'ils montent côte à côte dans la voiture et se racontent leurs vies pour qu'ils se mettent à minauder et ne se lâchent plus du regard. Je ne comprendrais jamais rien aux adultes.

En revanche, ce que j'avais appris ce jour-là, c'est qu'elle soignait *les âmes en peine*. Des âmes en peine ? Des paumés, oui, vu ce qu'elle décrivait ! Et Arrigo buvait ses paroles, en prenant un air intéressé, lui qui me répétait à longueur de journée que, les problèmes, on se les crée soi-même, qu'il n'y a qu'à bouger son cul et poser son regard ailleurs, un point c'est tout. À un moment donné, ils ont parlé à voix basse, je n'arrivais plus à suivre, il m'a semblé qu'elle prononçait le mot *Francia*, un mot qui m'inquiétait. Puis, en se redressant dans le canapé, Adela a repris de plus belle. Sa famille avait dû quitter l'Argentine, voilà ce qu'elle racontait maintenant, parce qu'avec ces dictateurs – ces Judas, elle avait ajouté en dessinant des guillemets dans l'air avec ses doigts –, ils auraient risqué la prison, peut-être même d'être descendus. Là, Arrigo avait pris de l'assurance, comme s'il s'était mis à débiner les adversaires de l'équipe des Vélez, son timbre s'était arrondi, ses sourcils froncés se touchaient presque. Il avait enchaîné sur l'argent pillé de ce pays si prospère et tellement corrompu, sur les mensonges de plus en plus obscènes, sales. Il s'acharnait, en haussant le ton, un filet de salive collé sur la lèvre inférieure, qui s'étirait quand il entrouvrait la bouche pour retomber ensuite. Jusqu'à ce qu'il balance à nouveau ce mot, *podridos*, comme ça, sans faire de phrase. Il était trop énervé et *podridos*, ce mot étrange, semblait tout dire. Pourris. Un pays de pourris.

Plus tard, Adela nous a raccompagnés à la grille. Silvia, la bonne, épiait par la petite fenêtre de la cuisine. On est redescendus lentement, moi devant, Arrigo les mains dans le dos, le menton légèrement relevé avec le regard qui cherchait loin. Très loin. Tout ça m'avait bien énervé. J'entendais encore résonner dans ma tête leurs voix qui grimpaient l'une sur l'autre. J'en avais vraiment ma claque de cette journée.

— Mais pourquoi t'avances pas plus vite ? j'ai crié à Arrigo en me retournant. Je suis fatigué, moi, et j'ai faim. Je m'suis trop ennuyé avec vous. La prochaine fois, c'est pas la peine de me faire venir.

Qu'est-ce qui me prenait ? Généralement, je m'en fichais qu'on fasse attention à moi ou pas. J'avais l'habitude de me débrouiller tout seul.

Le lendemain, j'ai ouvert les yeux avant Arrigo, le jour était à peine levé, je me suis glissé dans le jardin. Les feuilles, l'écorce et la terre brillaient comme si de l'huile était tombée du ciel. J'ai planté mon doigt dans une jardinière pour en extraire un peu de terre. La respirer, comme de la mie de pain. La goûter, acide et ronde. Je me suis mis à courir dans les allées, à tourner sur moi-même en recrachant les filaments de terre, les bras écartés. Et ça s'est mis à gronder en moi, la guerre est déclarée, je me suis dit, la guerre mondiale, je n'aime pas ce monde et puis, d'ailleurs, personne ne m'aime.

24

Dans la kitchenette, Arrigo attendait que l'eau de la machine à café finisse de couler dans le filtre plein à ras bord. Ça glougloutait, pour finir par un bruit de siphon qu'on débouche. Une odeur toastée envahissait la maison, pendant que la radio balançait les nouvelles. *¡ Hoy, miércoles 3 de julio !* a crépité une voix, comme si elle annonçait un événement important. Le 3 juillet ? Mais c'était mon anniversaire !

— Arrigo, tu trouves pas que j'ai grandi ?
— Bien sûr que tu as grandi !
— Tu veux dire que, depuis hier, j'ai changé ?

Il s'est raclé la gorge, a fait claquer sa langue.

— *Che*, t'exagères pas un peu ? Comment veux-tu que je voie une différence entre hier et ce matin ? Faudrait que j'te mesure au millimètre près pour voir si t'as grandi comme ça, en une nuit.

Il ne comprenait rien. Les adultes ne comprennent jamais rien. Normalement, on s'en rend compte le jour de son anniversaire, qu'on a grandi. Tous les ans, le

3 juillet, je me mesurais contre le mur de ma chambre avec un crayon et un centimètre. Et à chaque fois, c'était sûr, j'avais grandi de plusieurs centimètres. *3 de julio, día del locutor,* répétait la voix. *Locutor*? C'était quelqu'un de connu ? ¡ *Locutor!* j'ai lancé alors en attrapant un morceau de pain sur la table. Dehors, le soleil était cyclopéen, il inondait toute la jardinerie d'une clarté dorée. ¡ *Locutor, locutor!* je fredonnais en courant vers la grille, puis en remontant la rue Almagro. Je sautais à cloche-pied sur les pavés gris du trottoir sans savoir que c'étaient les présentateurs argentins que je célébrais. Et personne d'autre. Sauf que c'était décidé, cette fois-ci, mon anniversaire serait spécial. Douze ans, ça se fêtait ! Et, après tout, je dirais que j'en avais treize. Ils n'iraient pas vérifier. Bon anniversaire, mes vœux les plus sincères, je me chantais à moi-même. Je laissais traîner chaque syllabe, prenais une voix cérémonieuse en longeant une clôture fraîchement repeinte en blanc. L'air empestait l'essence de térébenthine, j'essayais de retenir ma respiration le plus longtemps possible, si j'arrivais à tenir jusqu'à la palissade recouverte de lierre là-bas, je pourrais faire un vœu. Allez, encore un effort. J'étais sur le point d'exploser. J'ai balancé un grand coup de pied dans un tas de magazines entassés, de quoi remplir un Caddie de cartonnier, vingt pesos, *negrito*, fais mieux la prochaine fois, m'aurait dit le type de l'usine de recyclage. Eh non, connard, c'est mon anniversaire, le plus beau des anniversaires, je fais ce que je veux, c'est moi qui décide !

Adela n'était pas chez elle. Silvia n'a pas voulu me laisser entrer. Tant pis, j'irais me balader en attendant qu'elle rentre. Elle serait drôlement contente de me voir tout à l'heure, surtout quand je le lui dirais.

J'ai pris une rue en biais. Au bout de l'impasse, deux maisons culminaient. En visant entre les deux, on pouvait voir très loin en contrebas. Des toits rouges, d'autres verts se succédaient en pente jusqu'à l'étendue d'eau. Infinie. Une mer couleur Coca-Cola. L'estuaire, aurait dit Arrigo. Je me suis approché d'une des maisons, tout en baies vitrées. Un bouquet de fleurs aussi haut qu'un arbre trônait au milieu de la pièce. Dans le jardin, que l'on apercevait à l'arrière, une pelouse se déployait, vert citron, deux fois un terrain de foot. Je n'étais pas à l'aise, si quelqu'un me voyait là, même sans rien faire de mal, on me chasserait très certainement.

La rue était déserte. Je me suis mis à chercher des trous dans la haie et dans le grillage pour m'y faufiler, partir à l'aventure. Espionner des vies. Devenir un insecte eût été idéal. Passer de feuille en feuille, inspecter les jardins, leurs recoins, m'introduire par une fenêtre ouverte, une aération, rentrer dans les salons, les chambres. Observer sans être vu. Une branche cassée pendait paresseusement le long d'un mur de pierre. Si elle était encore suffisamment solide, je pourrais m'en servir pour grimper et passer de l'autre côté. Elle était souple comme une liane, mais, en m'y suspendant, la masse de lierre dans laquelle elle était enlacée s'est affaissée et je me suis écrasé, fesses contre terre. L'envie était si forte que j'ai voulu réessayer. À force de tirer sur la branche qui me résistait, j'ai fini par me hisser jusqu'au sommet du mur. De là-haut, je voyais toute la propriété, qui n'en finissait pas. La pelouse disparaissait au fond du parc en dénivelé. Au fond, le Río de la Plata. Je pouvais contempler en toute tranquillité, sans être vu. La végétation était luxuriante, ça sentait la plante grasse, le poivre et le camphre, quelque chose de fort. Je m'étais râpé les mains en tombant, elles me démangeaient. J'ai léché les égratignures, goût de racine. Si je voulais voir ce qui se passait dans la maison, il fallait que je m'éloigne sur le mur pour avoir un meilleur poste d'observation. Je me suis enfoncé dans les feuillages en posant précautionneusement un pied devant l'autre, les ramures me giflaient, me griffaient. Une terrible envie d'éternuer. Ce que je devais éviter à tout prix. Au moindre bruit, je me ferais prendre.

À l'angle, le mur devenait mitoyen d'une autre propriété. Je n'avais que l'embarras du choix pour m'en mettre plein les yeux. J'étais le prince des palissades. D'un côté, je distinguais nettement une terrasse avec des colonnades. Elle prolongeait la maison vitrée, vaste comme un château. Au centre de la pelouse, brillante comme un immense tapis de brins d'herbe en plastique, deux biches broutaient. Sur le côté, dans un cabanon, vitré également, deux élégantes vêtues comme des cavalières riaient, jambes croisées, assises au bord de fauteuils en osier.

— Bon anniversaire !

Je sursautai. Que se passait-il ? Je regardai alors dans l'autre propriété. Une allée traversait le parc. Au milieu, un vilain chalet carré de deux étages. Une tente blanche avait été dressée en continuité de la maison, abritant une estrade en bois et des rangées de chaises.

— Bon anniversaire !

J'ai tourné la tête précipitamment et j'ai perdu l'équilibre. Heureusement, en m'agrippant à un palmier filiforme, j'avais rejoint, par un mouvement de balancier, mon mirador. Je tremblais. Des pompons orange étaient accrochés aux chaises dorées. Une corde fixée au sol retenait des dizaines de ballons – perroquets, dauphins, Miss Kitty. Je n'avais pas encore remarqué les bâches en plastique transparent disposées autour de la porte d'entrée du chalet qui s'ouvrait sur une terrasse en dalles de ciment. Tout était bizarre. Anormal. Dans l'allée, un adulte déguisé en Pluto avançait, suivi d'une Cendrillon. Ils étaient apparus dans le haut de la propriété comme par magie. Un médecin en blouse blanche, stéthoscope accroché au cou, s'activait maintenant sous les bâches. Deux types, masque au long nez appliqué sur le bas du visage, installaient une sorte d'engin avec un soufflet qui se gonflait et se rétractait à un rythme régulier. Sous la tente, le petit théâtre se remplissait de personnages de contes – faux nez, grandes oreilles, chapeaux pointus. Pas un enfant. Tous chuchotaient. C'était ça, le plus étrange, un long murmure dans un décor de fête.

— Bon anniversaire !

Mais d'où venait cette annonce, tantôt proche, tantôt

lointaine ? Le soleil d'hiver traversait les feuillages, me réchauffait, je commençais à transpirer un peu. Pour rien au monde, je n'aurais bougé de là. Je m'invitais secrètement à cette curieuse assemblée, en me délectant de ses extravagances. Soudain, les sautillements d'un violon ont brisé le bourdonnement sourd. Ils provenaient de haut-parleurs disposés autour de la maison. Ça y était ! Je comprenais enfin d'où s'échappaient les «bon anniversaire» ! Je n'avais pas rêvé. Et ils ne m'étaient pas destinés.

Sous les bâches, un coffre transparent avait été posé sur une sorte de console à roulettes. À l'intérieur, une forme. Vivante. Le médecin branchait maintenant le dispositif avec le soufflet sur une des vitres, puis donnait l'ordre au convoi d'avancer. Chacun prenait son temps, faisait très attention. L'inquiétude se lisait dans les mouvements décomposés. Un ballet de bras et de jambes. Au ralenti. Pas un geste n'était fait au hasard. Derrière les vitres, une enfant relevait la tête de temps à autre, une tête ronde comme un globe terrestre avec un petit chapeau en feutre rose qui lui tombait sur les yeux.

Un espace avait été prévu sous la tente pour disposer le chariot de transport stérile au milieu des invités. Deux des porteurs, des infirmiers, ont surélevé le côté où reposait la petite tête. C'est là qu'une Madonna a surgi sur la scène, dans un vacarme contenu de guitares électriques, de batterie et de synthétiseur. Elle rebondissait, levait la jambe, la plaquait à la verticale contre sa joue, s'accroupissait de dos agrippée à une chaise, prenait des poses provocantes au milieu de guirlandes et d'effets de lumière fluo. Sa voix aguichante irritait presque. À la fin du premier air, tout le monde l'a applaudie pendant qu'elle saluait l'enfant. La petite tendait ses bras vers elle. J'ai eu envie de pleurer.

— *¡ Feliz cumpleaños, Araceli !* lançaient les haut-parleurs, jusqu'à ce que l'imitatrice recommence ses gesticulations.

Je commençais à me laisser prendre au jeu. Je n'étais jamais allé à un concert, ni à aucun spectacle, d'ailleurs. Il faut dire que, là, le spectacle était partout. Mon regard passait de la scène au public et du public à la petite Araceli enfermée dans sa cage de verre. Elle devait être sacrément malade pour qu'on l'isole comme ça. Si j'avais pu, je serais bien descendu de ma cachette pour m'approcher d'elle, souffler sur la surface vitrée et lui dessiner avec mon doigt des soleils et des cœurs sur la buée. Ou pour la faire rire. Avec des grimaces. Oui, mais si je découvrais en m'approchant que c'était un monstre ? Un monstre sans yeux, juste deux grands trous et une seule oreille racornie. Un monstre, à cause d'une bombe, d'un incendie ou d'une abominable morsure de chien. Araceli était une survivante.

— *¡ Epa !* Qu'est-ce que tu fiches là-haut ?

Quelqu'un m'avait vu et me pointait du doigt. J'avais relâché ma vigilance. J'étais pris ! La domestique, robe noire à manches longues et tablier blanc, m'interpellait. Postée derrière une longue table de réception que des chauffages à gaz d'extérieur encadraient, elle s'agitait en essayant de ne pas gêner la représentation. Devant elle, des gâteaux colorés, des carafes, des bouteilles de champagne plantées dans des seaux à glace et des plateaux recouverts de petits fours. Ni une ni deux, j'ai filé à travers les feuillages et les branches. Ça sifflait dans mes oreilles. Je ne regardais même plus où je posais les pieds. Je me téléportais. Tous ces dingues allaient faire la fête alors que la petite malade était enfermée sous sa cloche de verre. C'étaient eux, les monstres. Plus vite ! Il fallait que je leur échappe. En sautant du mur pour rejoindre la rue, j'ai pris appui sur le capot d'un 4x4, un gardien, qui n'était pas là quand j'étais arrivé, a sifflé en courant vers moi. J'avais intérêt à décamper fissa. Une fois sorti de l'impasse, un chemin descendait vers l'estuaire. Je l'ai dévalé sans me retourner. Vite, dégager de chez les fous. Je n'avais rien à voir avec ce monde-là.

25

Au pied de la colline, au lieu de décroître, ma peur s'était transformée en affolement, je ne contrôlais plus rien. Je continuais à filer, à droite, à gauche, par-dessus une haie, le long d'une allée, je longeais une maison protégée par des grilles, escaladais un mur, passais dans un jardin, un chien aboyait, j'accélérais, je m'essoufflais. De l'autre côté de la rue, des arbres, un tertre, des plantes à moitié immergées, des marais à perte de vue, une eau stagnante, sale, frémissante, sombre, je sautais dedans à pieds joints, elle était glacée et m'arrivait à la taille, je continuais d'avancer dans les herbes, je voulais disparaître, en me concentrant, je pourrais devenir un poisson, paupières fermées, j'essayais de rassembler toutes mes forces, mon corps allait se recouvrir d'écailles, je me transformerais. Mais j'avais beau me recroqueviller, serrer les poings, je restais moi, Lucio, et j'allais certainement mourir de froid. Non, j'ai crié à haute voix, pas aujourd'hui ! Pour une fois dans ma vie, il fallait que mon anniversaire soit formidable.

Alors je suis remonté, j'ai jailli des herbes, comme une grenouille, je me suis hissé sur la terre ferme, en glissant plusieurs fois sur les berges vaseuses. Trempé, plein de boue, recouvert d'insectes et de vers, je marchais vite. En suivant la butte dans cette direction-là, elle finirait bien par me reconduire chez Arrigo. Elle bifurquait maintenant vers le ciel clair et le vent. L'estuaire ! Il respirait lentement, un bateau long et sombre sur son ventre. Le navire s'en allait vers l'infini. Moi aussi, j'aurais aimé partir.

Je peinais à avancer, mes dents s'entrechoquaient. Idiot, petit idiot, tout ça était de ma faute et j'avais peur, toujours peur, marre d'avoir peur, des emmerdements comme toi, je m'en serais bien passée, aurait dit ma mère, mais tu t'es accroché, vilaine petite bernique. Pas le choix. Je la revoyais, les larmes aux yeux, avec sa bouche qui se tordait. Pauvre petite maman, je t'aime quand même, j'aurais voulu lui dire. Encore aurait-il fallu que j'ose le lui dire. Mais oser était trop risqué. Ça tourbillonnait maintenant sous mes pieds, la terre m'engloutissait, je m'évaporais.

— Lucio, réponds-moi !

Des mains empressées me frictionnaient la poitrine, les épaules, le dos, avec un alcool qui empestait.

— ¡ *De prisa !* Vite ! Cette voix. Arrigo avait dû me chercher et me retrouver. Il massait maintenant mes mains, mes pieds, faisait rouler mes oreilles entre ses doigts, je sentais tout ça, de loin, comme hors de mon corps. Une seconde voix s'est mêlée à ses grommellements, féminine, reconnaissable entre toutes.

— *Dios mío*, que se passe-t-il ? On m'a dit que Lucio était venu sonner chez moi tout à l'heure. Que s'est-il passé ?

— Aidez-moi, bon sang ! Faites quelque chose, je l'ai trouvé au bord du *río* dans cet état.

— On l'amène chez moi. Après, on avisera, a asséné Adela, calmement.

J'aurais voulu leur dire que je les entendais, mais j'étais paralysé. Ma peau s'est mise à brûler, à picoter. Ils m'ont enveloppé dans une couverture, ça a tangué, des portes ont claqué, la voiture a démarré. Quand la main d'Arrigo a pris la mienne, les mots sont sortis.

— Je vais mourir ?

— Lucio ! Bien sûr que non que tu ne vas pas mourir ! T'inquiète pas, on va s'occuper de toi.

Une fois chez Adela, ils m'ont déshabillé, puis ils m'ont déposé dans un bain chaud, l'eau coulait en cascade, la mousse gonflait, je gémissais de douleur, de plaisir aussi. Peu à peu, je revenais à moi, mon corps se détendait.

— Ce n'est pas grave, a murmuré Adela. Calme-toi et prends ton temps. Je vais te chercher quelque chose à te mettre. Si ça ne va pas, appelle. Je laisse la porte ouverte.

Peu après, Arrigo est entré. Il a posé des vêtements sur le bidet.

— Tu nous as fait une sacrée peur ! Si quelqu'un t'a fait du mal, c'est moi qui m'en charge.

Puis, après avoir regardé autour de lui, il m'a désigné du menton deux étagères remplies de linge plié avant de sortir en tirant un peu la porte.

— Y'a des serviettes, là, au-dessus du chauffage.

Je me suis laissé flotter dans la baignoire. Ils m'avaient tous les deux vu nu comme un ver, tant pis. L'eau a tiédi. Le bout de mes doigts était tout mou, fripé, il était temps que je sorte de là, je commençais à me refroidir. Je n'allais pas risquer de mourir une seconde fois.

Et puis, d'un seul coup, tout m'est revenu. C'était mon anniversaire, il était encore temps ! J'ai attrapé un joli flacon de parfum posé sur le rebord du lavabo. Une giclée sur la poitrine, une autre sous les aisselles, j'embaumais. Puis, affublé des affaires qu'on m'avait laissées, je me suis dirigé vers l'escalier. Une excitation joyeuse m'enflammait. J'allais le leur dire et on le fêterait, mon anniversaire !

Un air de tango venait du salon. Silvia, des draps pliés dans les bras, traînait dans l'entrée, elle épiait en faisant semblant d'écouter la musique, *dejá que me figure que un día no lejano, el roce de tu mano mi paso ha de sentir*[1], des paroles simples, sautillantes. Je suis passé devant elle, j'y suis allé. Le grand fauteuil en velours à franges avait été poussé contre la commode, la table basse contre le canapé. Au milieu de la piste de

---

1. « Laisse-moi croire que dans peu de temps, le frôlement de ta main je sentirai en passant », chanson *Ansias de amor*, auteur et compositeur : Guillermo Barbieri, 1927.

danse improvisée, Adela et Arrigo glissaient l'un contre l'autre, leurs corps allaient et venaient comme deux silhouettes échappées d'un film en noir et blanc, ils s'imbriquaient l'un dans l'autre. Comment pouvaient-ils s'amuser pendant que moi j'avais failli y passer ? À chaque jeu de jambes, l'un et l'autre s'ajustaient, avançaient, tournoyaient, reculaient. Leurs pieds étaient aimantés. Parfois, Adela lançait son talon en arrière, à croire que l'histoire de sa canne était une invention pour se faire remarquer. Le plus énervant, c'étaient leurs joues collées l'une contre l'autre. Et leurs regards planants, comme s'ils se regardaient de l'intérieur. L'œil harponné par des pensées lointaines.

Avec mes manches qui pendouillaient au bout de mes bras et mes boucles noires que j'avais tenté de lisser avec force gel, je ressemblais à un épouvantail. Adela m'a vu la première, son visage s'est illuminé avant qu'elle n'éclate de rire. Impossible de continuer à danser. Arrigo s'est alors tourné vers moi, même explosion de rire. J'étais ridicule. Un clown. Et les clowns, j'ai toujours détesté. Alors, j'ai donné un grand coup de pied dans le mur. Mais, comme j'étais pieds nus, je me suis fait mal. J'en avais marre qu'on se moque de moi. Allez vous faire foutre ! j'ai hurlé. Ils ont ri de plus belle.

Quelque chose s'était transformé. Ils avaient beau s'être inquiétés pour moi, je sentais bien qu'un autre motif les préoccupait l'un et l'autre. Ça m'irritait. D'ailleurs, dès notre retour de l'après-midi passé chez Adela, où ils m'avaient collé devant ces images effroyables d'animaux saisis par la glace, Arrigo avait ouvert en grand les deux battants d'un boîtier au-dessus de son lit. Jusque-là, j'avais pensé que c'était un compteur électrique, j'y avais découvert une petite Vierge en prière et un bouddha vert assis en tailleur à ses pieds. Ils étaient posés sur du papier à bulles, ce qui faisait que la Vierge était légèrement penchée. Glissées entre ses bras repliés, de vraies pâquerettes séchées et, sous le bouddha, un tapis de pétales qu'Arrigo changeait maintenant chaque jour. Ce petit manège avait sa raison d'être. Et cette raison s'appelait Adela, bien sûr. Tout devenait clair. Voilà ce qui se passait, ils étaient amoureux. Et mon anniversaire allait encore passer à la trappe.

26

Le lendemain, Arrigo m'a annoncé qu'il partait faire des achats. Des achats ? C'était bien la première fois que je l'entendais prononcer ce mot. Je n'ai rien dit, je faisais la gueule. Il pleuvait des cordes. Avec ma mésaventure de la veille, j'avais eu le droit de rester dans mon lit, tranquille. Je passais en boucle la soirée, ça me rongeait les sangs, je n'avais qu'une idée en tête, faire capoter leur idylle. Mais, pour l'heure, il valait mieux que je pense à autre chose. Ça tombait bien, j'adorais me raconter des histoires. J'avais de l'entraînement. Ma mère ne s'occupait presque jamais de moi, alors, j'avais trouvé ça à force de m'ennuyer. J'appelais ça mes *raconte-à-moi*. Quand tout commençait à tourner en rond, je filais me cacher sous ma couette, je fermais les yeux et c'était parti. La plupart du temps, Cali m'y retrouvait. Cali n'existait que dans mon imagination. Je lui parlais, on se tenait par la main et on partait en expédition dans les mondes étranges de mes *raconte-à-moi*. On était magiciens, on était danseurs. Rien ne pouvait nous arriver, on était deux. Mais, depuis l'Argentine, Cali avait disparu et j'étais seul dans mes mondes. Il avait certainement dû rester caché dans ma penderie à Paris, avec la petite robe violette suspendue au-dessus de sa tête. Prostré.

Quand Arrigo est rentré, je dormais profondément. Un vieil homme très grand, costume gris et chemise bleu pâle, s'avançait vers moi, entrouvrait son veston, remontait son pantalon jusqu'à sa poitrine, resserrait sa ceinture. À s'en couper le souffle. Un livre dépassait d'une de ses poches, je n'arrivais pas à en lire le titre. Juste un mot : silence. De son autre poche, l'homme sortait une immense loupe carrée qu'il tenait maintenant collée à son œil. Son iris était traversé de veines. Vertes. L'œil me faisait si peur que je n'arrivais pas à m'enfuir. Le vieux s'approchait pour m'examiner, se collait à moi, entrait en moi, m'envahissait. Je devenais alors cet homme-là, cheveux cendrés, mains tachées, peau ridée, déambulant dans les couloirs du métro parisien. C'est à ce moment-là que je me suis réveillé. J'avais pissé au lit. Comment une chose pareille pouvait-elle encore m'arriver ? Debout, à côté de moi, Arrigo souriait.

— T'es réveillé ? Tu sais, je ne veux pas que tu croies que tu ne comptes pas pour moi. T'es un sacré bout d'gars. Un gentil. Et je veux bien te garder, mais faudra que tu me dises qui t'es, parce que je ne veux pas me mettre dans la mouise.

Il s'est assis sur le bord de mon lit. Et il s'est mis à me raconter.

Il n'arrêtait pas de parler. Il était né au Pérou, dans une famille de huit frères et sœurs, adolescent, il avait souvent fugué, jamais longtemps, jusqu'à ce qu'il se fasse embarquer dans une histoire de trafic de motos. La police l'avait ramené à ses parents, qui l'avaient foutu dehors, il avait alors décidé de partir pour l'Argentine. À Córdoba, il avait eu un bébé avec une fille, une *chola*, brune, timide, ils étaient venus s'installer à Buenos Aires dans une *villa miseria*, un bidonville aux portes de la capitale, pour trouver du travail. Leur bébé était mort, ils n'avaient pas pu le faire soigner, pas de quoi, ils l'avaient enterré dans un parc, en cachette, sous un jacaranda, sa femme, une indigène, l'avait quitté. Pourquoi il me racontait tout ça, je n'en savais rien. Je l'écoutais, le menton posé sur mes genoux.

— Je t'ennuie avec mes histoires, hein, *negrito*. Rassure-toi, je vais bien maintenant avec mes fleurs, mes arbustes et mes arbres, je m'en sors, ça va, et jusque-là personne n'est venu me mettre des bâtons dans les roues. Alors, je veux bien m'occuper de toi si tu continues à me donner un coup de main à la jardinerie.

Là, il s'est mis à regarder par la fenêtre, qui ne donnait sur rien, un peu comme les acteurs dans les feuilletons barbants. Une tête absurde. Il a dû s'en rendre compte parce que très vite il s'est ressaisi. Il s'est levé pour aller chercher deux paquets sur la table de la cuisine.

— Pour toi !

Je le regardais ahuri. Pour moi ? Il brandissait les

paquets sous mon nez. Mon cœur tapait contre ma poitrine. J'ai arraché les emballages. Dans le premier, un pantalon, deux slips, deux polos et un chandail avec une capuche. Dans le second, une paire de baskets noires et des chaussettes. Que du neuf. Tout ça, c'était vraiment pour moi ? Je bafouillais.

— Je suis trop content, Arrigo. Tu sais, hier, c'était mon anniversaire. Tu te rends compte ?

— Ton anniversaire ? Mais c'est incroyable, ça ! Quel âge ça te fait ? Attends, laisse-moi deviner.

Je soutenais son regard. Arrigo me voulait du bien. Mais il fallait quand même qu'il sache à qui il avait affaire. J'essayais de me donner l'air le plus vieux possible, debout face à lui, œil de lynx et sur la pointe des pieds. Pas facile d'en imposer avec mon accoutrement ridicule. Il m'a dévisagé. Bon, ça allait comme ça, j'ai détourné mon regard, en soufflant en adolescent exaspéré, et je me suis mis à enfiler mes nouveaux vêtements.

— Treize ? Quatorze ans ?

Bien joué ! J'avais pris deux ans d'un coup, une bonne chose. Banco pour quatorze ans, je suis sorti sur la terrasse et je me suis assis en tailleur. Le ciel était délavé, d'un gris liquide. Arrigo m'a suivi.

— Eh bien, bon anniversaire, Lucio, il m'a dit en me donnant une petite tape sur l'épaule. On n'a qu'à fêter ça !

Il avait à la main deux bouteilles de bière. D'un coup de boucle de ceinture, il a fait sauter les capsules et m'en a tendu une avant d'aller chercher nos blousons râpés à l'intérieur. Il faisait un froid de canard.

— T'es presque un homme maintenant !

Je l'ai imité, goulot planté entre les lèvres, basculement de la tête en arrière. Une giclée de liquide amer m'a inondé le gosier, j'ai manqué de m'étrangler.

— On y va ?
— Où ça ? j'ai demandé.
— Eh bien, à toi de me raconter maintenant.
— Que je te raconte ?
— Oui, d'où tu viens par exemple. Pourquoi t'es là… avec moi.

J'ai réfléchi. À question compliquée, réponse simple.

— Ben, j'suis là. C'est tout.

Ça recommençait. L'interrogatoire. Mais je sentais que cette fois-ci il faudrait que je concède quelques petites choses. Et puis, Arrigo ne me ferait pas de mal. Je n'avais qu'à inventer.

— J'ai une grande famille. Mais ils sont tous morts. La malchance. Ça a commencé par mon père. Un cancer. Horrible. Puis les autres l'ont attrapé. Une vraie épidémie. Je suis le seul survivant. Je me suis enfui avant qu'il soit trop tard. C'est ma mère qui m'a ordonné de partir avant de mourir : Cours, Lucio, t'arrête pas, laisse la maladie derrière toi, sauve ta vie.

Mentir ne me faisait plus peur, plus c'était énorme, plus j'y croyais. Je les avais tués, un à un, à commencer par mon père dont je ne savais rien. Personne n'avait trouvé grâce à mes yeux, pas même Mathilde, ma tante, avec sa voix cassée. De toutes les façons, j'avais toujours eu l'impression de ne pas appartenir à cette famille. Et tandis qu'Arrigo m'écoutait lui raconter mon histoire invraisemblable, les larmes coulaient sur mes joues tout juste boutonneuses. Je voyais Lucien dans Paris, à travers la campagne, Lucien, mon passé à peine révolu, et j'exhibais Lucio, quatorze ans pour qui voudrait bien le croire, Lucio, mon nouveau moi.

— Qu'est-ce que tu racontes ? Tu me prends pour un idiot ? Arrête immédiatement de te foutre de ma gueule, Lucio. Invente si tu veux, mais au moins fais en sorte qu'on puisse te croire ! Pas que je veuille te mettre à la porte ! Mais au moins qu'on ait quelque chose à dire aux gens du quartier pour leur rabattre le caquet avec leurs ragots blessants. Depuis toutes ces années, ils savent bien que j'ai pas de fils. Alors, forcément, ils imaginent le pire. C'est ça qui leur plaît. Tu pourrais être une sorte de neveu péruvien, par exemple. C'est bien ça, qu'est-ce que t'en penses ?

Je ne comprenais pas vraiment, mais j'acquiesçai en avalant une gorgée âcre. L'alcool me donnait du courage, je me sentais appartenir au monde des hommes. Sans les poils, bien sûr. Pas l'ombre d'un duvet.

— Évidemment que je ne suis pas ton fils, j'ai repris, sans rien ajouter.

Ça l'a énervé que je ne réponde pas. Je faisais exprès. Alors on s'est tus, debout sur la terrasse, nos blousons fermés jusqu'au menton, en buvant nos Quilmes. Dans la rue qui bifurquait à la hauteur de la jardinerie, une bande jouait au foot. Les cris des gamins se mêlaient au bourdonnement d'une tronçonneuse qu'on activait par à-coups quelque part dans un jardin, une sirène commençait à nous crisper, stridente. La grille a grincé, quelqu'un venait. Une démarche claudicante.

Le visage d'Arrigo s'est illuminé. Il a rougi. C'était plutôt drôle. Dans mon cas, ça ne risquait pas de m'arriver. Prendre des couleurs tenait de l'exploit. Un jour, à l'école, une surveillante m'avait glissé à l'oreille : Quel joli teint tu as, Lucien, même en plein hiver ; t'en as de la chance, tu sais. Faut voir pour la chance. Quant à Adela, un rouge à lèvres rubis rehaussait son teint pâle.

27

— ¡ *Hola señores !* Je me disais qu'on aurait pu aller dîner en ville. Vous êtes mes invités.

Ça n'a pas eu l'air de faire plaisir à Arrigo. Mais il a pris sur lui en inspirant un bon coup.

— Figure-toi que c'était l'anniversaire de Lucio hier.

— ¡ *Feliz cumpleaños, Lucio !* Tu aurais dû nous le dire *encore*. C'est parfait *alors*. Un anniversaire, ça se fête ! Même avec un jour de retard.

Arrigo a baissé les yeux. Il cherchait quelque chose d'intéressant à dire. Il a relevé la tête avec un sourire que je ne lui avais jamais vu, fossettes et petits plis au coin des yeux. Avec ça, pas besoin d'en rajouter, Adela s'est empourprée.

On s'est dirigés vers la voiture, Arrigo a ouvert la portière, puis il est allé s'installer de l'autre côté. Les hommes que ma mère voyait n'auraient jamais fait ça pour elle, non, ça, jamais. Entre-temps, je m'étais glissé à l'arrière, ça sentait un mélange de cuir et de fruit de la passion, j'avais un peu mal au cœur. Dès que la voiture s'est mise à rouler, je me suis redressé, dos droit, mains à plat sur le siège. Je voulais être le plus grand possible, que les gens dans la rue et dans les autres voitures pensent que j'étais un jeune adulte. Adela a mis son clignotant. Quand le feu est passé au vert, elle s'est engagée dans une avenue à quatre voies. À toute allure. Pour s'embringuer dans la folle course des véhicules, elle avait passé les vitesses en un tour de main, une vraie pro. On filait. Un glacier, un magasin de sport, des feux rouges, une banque, un supermarché, une pharmacie, des maisons dont on n'apercevait que les étages derrière des clôtures sécurisées, une succession de restaurants, on avançait par à-coups, d'embouteillages en longues lignes droites dégagées, quand je serais adulte, j'aurais une voiture de course, bleu marine, une Porsche, je traverserais les villes sans jamais m'arrêter.

La pluie détraquait la circulation. De véritables mares s'étaient formées au milieu de la route. On n'avançait plus. Je regardais dehors comme si c'était un film. La voiture nous coupait du monde. Adela et Arrigo parlaient sur un ton monocorde, ça me berçait. À hauteur d'un feu, presque sous nos roues, un homme était allongé sur une bouche d'aération au bord du trottoir. Emballé dans un sac de couchage informe, il semblait prier, le visage tourné vers le ciel. L'eau dégoulinait sur ses paupières, le long de son nez. Sa peau était noire, plus noire que la mienne. Les passants l'évitaient, exaspérés. À côté de lui, sur un carton, une statuette de femme nue en bois sculpté, seins pointus et bandeau en travers du visage, trônait près d'une cannette de bière et d'une paire de mocassins vernis posés l'un sur l'autre, en croix. Ses narines se gonflaient à chaque expiration ; de temps à autre, il passait la langue sur ses lèvres. Je le fixais, fasciné, le nez collé à la vitre. Pourquoi était-il allongé là ? Il aurait pu se mettre à l'abri. Je ne comprenais ni lui ni tous ceux qui le contournaient ou l'enjambaient. On a redémarré, il s'éloignait de ma vue, bientôt il s'effacerait de ma pensée. Laisser aller. Je me sentais aspiré par une solitude sans fin. Un dégoût triste. Passé une série de feux, le trafic a repris. Adela roulait trop vite. J'avais peur qu'on ait un accident.

— Lucio, qu'est-ce qui se passe ? Pourquoi pleures-tu *alors* ?

Elle me regardait dans le rétroviseur, avec ses yeux étirés et son nez trop court, presque dérangeant, comme un bouton de porte au milieu du visage.

— *Nada*, y'a rien.

J'étais fatigué de cette route qui n'en finissait pas. Elle s'est tournée vers Arrigo qui semblait lui dire *laisse, ça va passer.* De profil, ses lèvres étaient si fines que ça lui faisait comme une cicatrice. Brusquement, à quelques mètres de nous, une voiture a décroché de sa file en vrombissant. Elle roulait maintenant à cheval sur le trottoir. Un des passagers a fait un bras d'honneur par la vitre ouverte. Les passants gueulaient, se projetaient contre les devantures des magasins.

— *¡ Hijos de puta !*

Arrigo était fumasse. Moi, je regardais aussi loin que

possible le trottoir et le caniveau. Pourvu qu'il n'y ait pas un autre clochard comme celui de tout à l'heure, ce serait un carnage. J'ai fermé les yeux en inspirant à fond pour que tout s'arrête. Et j'ai compté jusqu'à trente. Quand j'ai rouvert les yeux, tout ça n'était que du passé. Comme ma vie qui s'effaçait au fur et à mesure.

— Je me gare et on continue à pied. Sinon, on risque de chercher pendant des heures.

Sur la façade d'un immeuble vitré, une horloge. Détraquée. La grande aiguille tournait sans s'arrêter. Un tour du cadran en trois secondes. Le temps filait. À ce rythme-là, j'aurais vite fait de gagner des mois, des années. De devenir un homme.

— Lucio, il faut qu'on te parle.

Adela avait pris des airs de grande dame. Elle devait bien connaître le restaurant où elle nous avait emmenés. À peine installée, elle nous avait conseillé de commander de la viande et des *papas rellenas*, en nous désignant une photo de pommes de terre farcies dans la carte. Arrigo acquiesçait à tout ce qu'elle disait tellement il était mal à l'aise dans la grande salle à manger cossue. Il n'avait ni l'habitude ni les codes. Pour moi, c'était du déjà-vu, mais je ne laissais rien paraître. Je me tenais mal. Derrière les baies vitrées du restaurant, à moitié cachées par des petits rideaux coulissants rouges, les passants jetaient un œil dans la salle – nappes blanches, boiseries, serveurs habillés de noir, chiffon blanc greffé à leur avant-bras gauche, penchés au-dessus des clients. Je me suis mis à penser à la petite marchande d'allumettes, toute seule dans la rue glaciale, allumettes, allumettes, qui veut mes allumettes, je revoyais les illustrations de ce conte terrible, la petite fille, le soir de Noël, pieds nus dans la neige, longeant la vitrine d'un restaurant surchauffé où des parents bedonnants intimaient à leurs enfants de manger leurs plats débordant de nourriture, puis, le lendemain matin, son petit corps à peine vêtu, étendu dans un recoin, ses dernières allumettes grillées à ses pieds. Une petite fille morte. Seule. Ce conte m'avait fait tellement peur que je m'étais juré de travailler à l'école et d'obtempérer. Pour que ça ne m'arrive jamais.

Une femme a longé la devanture, imperméable et col remonté sous le nez. Elle le tenait bien serré de la main gauche – une main pâle, très grande – pour que la pluie ne passe pas. Sous ses cheveux tirés en arrière et enroulés dans un chignon négligé, un profil fatigué. Je me suis levé d'un bond.

— ¿ Qué pasa ?

Arrigo essayait de me retenir. Je me suis laissé tomber par terre pour réussir à me dégager. Un instant plus tard, j'étais à la porte du restaurant.

— Mais qu'est-ce qui te prend ?
— Maman ! j'ai crié. Maman !

Le patron du restaurant, moustache et chemise rayée, a voulu bloquer la porte, j'ai tiré si fort sur sa manche qu'elle s'est déchirée, il était fou de rage, je me suis précipité dehors en me cognant à l'ardoise posée sur un chevalet où une sélection de plats traditionnels inscrits à la craie commençait à s'effacer, tout a virevolté, j'étais déjà loin. Maman ! Où était-elle passée ? Là-bas, je l'apercevais, elle traversait une immense avenue, le feu passait au vert, elle se hâtait, je n'arriverais pas à la rattraper, la foule l'engloutissait, trop de gens, elle disparaissait. Les voitures ont démarré, impossible de faire un pas de plus. Les bus faisaient la course, des bus plus beaux que des poids lourds américains, des bus rouge sang, vert fluo, rutilants, jantes et pare-chocs chromés. J'aurais voulu me jeter sous leurs pneus. Que tout s'arrête. J'avais mal au ventre. Le mal d'avant. Ma mère était là, quelque part, elle était passée à quelques mètres de moi et je n'avais pas pu la rejoindre. Autour de moi, les gens se pressaient, le feu était passé au rouge, je me suis élancé avec la cohue, peut-être que je pourrais encore la rattraper, mon cœur battait à tout rompre, oui, mais si ce n'était pas elle, si je n'y arrivais pas et que je me perdais à nouveau, j'ai commencé à ralentir, hésiter ou douter, c'est la même chose ?, cette sempiternelle question à laquelle je n'arrivais pas à répondre, il fallait que je me décide, continuer ou rebrousser chemin. Je n'allais pas encore une fois risquer de me retrouver à la rue. Fatigué, j'étais fatigué. Et Arrigo, c'était du solide.

Un type en uniforme, cartable à la main, s'est penché vers moi :

— Ça va, petit ?

— Oui, oui, ça va, il faut que je retrouve mes parents là-bas !

J'ai immédiatement fait demi-tour, poings serrés, jambes tremblantes, et je me suis mis à courir dans l'autre sens. On sentait une tension dans la ville, comme si le moindre faux pas pouvait tout faire basculer. J'essayais de ne pas me faire remarquer, je me suis mis à sautiller en souriant. Surtout, me fondre dans la masse. Ça n'a pas été bien compliqué de les retrouver. Ils étaient devant l'entrée du restaurant, Adela pendue à son téléphone portable qu'elle serrait des deux mains pour mieux s'isoler du tumulte de la rue. Arrigo la tenait par l'épaule, il regardait de tous les côtés, questionnait les passants qui n'interrompaient même pas leur foulée. Lorsqu'il m'a aperçu, il a attrapé Adela par le bras, sans ménagement, elle a trébuché, s'est rééquilibrée avec sa canne, tant bien que mal, elle tanguait, une-deux, ils couraient vers moi. À eux deux, ils ne faisaient plus qu'une personne, quatre jambes, une canne et deux têtes, une créature inquiète.

— ¿ *Lucio,* ils ont haleté, en mêlant leurs voix, *qué pasó ?*

— Que s'est-il passé ? a répété Arrigo.

— C'était ma mère.

— Ta mère ? C'est quoi, cette histoire ? Et tu l'as appelée *maman* en français ?

Leur révéler qui j'étais me terrorisait. Arrigo m'a saisi sous les aisselles et m'a soulevé de terre pour que nos visages soient bien l'un en face de l'autre. Ses doigts me pinçaient, son haleine était chaude, relents de barbecue. Il a parlé lentement, chaque syllabe appelait l'autre pour former des mots simples, tellement simples que je ne pouvais que les comprendre.

— Si tu ne nous dis pas qui tu es et ce qui se passe, on va être obligés de t'emmener au commissariat.

— Ça fait longtemps que j'aurais dû faire son signalement à la police. Mais tu m'en as dissuadée, Arrigo. J'ai eu tort d'accepter, c'est très grave ce qui se passe !

Maintenant, si je faisais un pas de travers, on me renverrait en France. Je voyais déjà mon oncle Frédéric à l'aéroport, m'attendant avec ses bras trop longs et ses poignets osseux qu'aucune manche de veste n'arrivait à recouvrir correctement. Le cauchemar. Vite, il fallait que je trouve quelque chose à dire.

— Ben voilà, ma mère est folle.

Ça ne me plaisait pas de dire ce mot. Folle. Pourtant, en le disant, ma douleur au ventre a immédiatement disparu. Plus rien. Arrigo s'est statufié. Il me tenait toujours en l'air, ses yeux cherchaient je ne sais quoi au fond des miens, ils m'agrippaient de l'intérieur.

— Qu'est-ce que tu racontes *maintenant* ? s'est énervée Adela. Et pourquoi as-tu appelé ta mère en français ? Arrête de mentir, sinon, je te préviens, on appelle les gendarmes.

Quelques personnes ralentissaient, nous observaient. Ça se corsait.

— Ma mère m'a laissé, j'ai murmuré en articulant distinctement pour que seuls Arrigo et Adela puissent déchiffrer mes paroles.

Un océan s'engouffrait dans ma poitrine, il

m'envahissait. Le chagrin et la peine aussi. Ils débordaient par mes yeux, ruisselaient sur mon front, dans mon dos, je me décomposais. Alors, Arrigo m'a serré contre lui si fort et si vrai qu'il s'est mis à pleurer.

— T'inquiète pas, *nene*. On va s'occuper de toi, bonhomme.

— Venez tous les deux, a alors glissé Adela avec douceur. On rentre. On ne va pas rester dans la rue *alors* (toujours cette fichue manie qu'elle avait de glisser des adverbes n'importe où). Marcher jusqu'à la voiture nous fera du bien. Et puis, on n'a qu'à aller manger une glace. Je connais un glacier délicieux *encore*. Avec des sorbets de toutes les couleurs.

Ce devait être une bonne idée, mais j'étais dévasté et je me sentais tout de travers.

28

— Arrigo, on la retrouvera ?

Il avait l'air malheureux. Son visage avait jauni comme du vieux papier journal. Adela m'a pris la main, je l'ai laissée faire, pour me rendre agréable, je leur avais gâché le restaurant et, pour l'instant, elle ne parlait plus de me balancer aux flics. On a débouché sur un boulevard. L'obélisque sous lequel on était passés, Gastón et moi, il y a si longtemps, pointait vers les nuages. Je le reconnaissais et ça me serrait la gorge. Tout paraissait si loin. Je me sentais usé. Un enfant usé. J'ai fermé les yeux pour penser au visage de ma mère. Je ne savais plus trop. Elle avait bien les cheveux noirs, non ?

Sur le trajet du retour, je m'étais endormi. Pas longtemps, mais très profondément. Une fois installé chez le glacier, je me suis mis à parler. Pour m'éviter le pire. Les mots trouvaient leur passage, ils partaient un peu dans tous les sens, c'était comme si je me parlais à moi-même, ou à Cali, mon ami imaginaire, même s'il n'était plus là. Arrigo et Adela m'écoutaient sans dire un mot. Leurs sorbets colorés plantés d'un petit parasol s'affaissaient doucement. De temps en temps, je léchais ma glace à l'italienne, noisette-maracuja, crémeuse, je la laissais fondre sur ma langue. Puis, je reprenais, sans jamais les regarder. L'histoire qu'ils voulaient entendre me revenait de loin, d'abord quelques phrases, courtes, puis une cavalcade.

— Chez mon oncle et ma tante, c'est là où je vais pour les vacances, c'est à la campagne. Un jour, j'ai voulu sauver des chiots que la mère Piton, la fermière d'à côté, avait enterrés pour les tuer, mais je n'ai réussi à en extraire qu'un seul en grattant la terre. Le lendemain, quand je suis revenu avec du lait dans un ramequin, il était mort. Alors, je suis allé l'ensevelir au fond du jardin sous les fougères, je lui ai fait une petite croix avec deux brindilles et de la ficelle et j'ai prié : Mon Dieu, mon Dieu, faites qu'on ne m'abandonne jamais. Amen. Tout ça, c'est de ma faute. Je suis trop nul. Comme avec ma mère. Quand je ne fais pas ce qu'elle veut, elle me punit, alors j'ai intérêt à filer doux. Mais tout le temps je me trompe et c'est l'enfer. Elle m'adresse plus la parole pendant des jours.

Adela m'écoutait attentivement. Je ne comprenais pas moi-même tout ce que je disais. Les mots galopaient. Plus je racontais et plus Arrigo fronçait les sourcils. Le front plissé, il murmurait : *Tranquilo,* prends ton temps, on est là pour t'aider.

— Ma mère m'a obligé à mettre la petite robe violette.

— Une petite robe violette ? a repris Adela.
— Oui, celle du placard.
— Je ne comprends pas, Lucio. Tu es sûr que ta maman te fait porter une robe ?

Adela était délicate, sa voix me rassurait. Pour la première fois, on ne m'interrompait pas et on m'écoutait. Mais j'avais peur de trop en dire et je ne savais plus vraiment ce qui était important ou non. Ce qui comptait, c'était de dire tout ce qui les empêcherait de me renvoyer en France.

— Ma mère se fâche souvent le soir, pas avec moi, avec son ordinateur et son téléphone, elle les jette sur le canapé, elle prend un coussin et l'appuie sur sa bouche, elle crie comme si elle s'étouffait et j'ai peur, alors je viens vers elle en courant dans le salon, et je la vois en boule par terre, elle pleure, elle me demande pardon, je voudrais mourir, pardon, non, ne t'inquiète pas, calmons-nous, assieds-toi près de moi, on va se sauver, ça ira, et puis elle dit des choses étranges, toute petite, toute petite, ne tremble pas comme ça, tais-toi, ne dis rien, viens, on va tout arranger, toi et moi c'est la même chose, viens te changer, laisse-toi faire, donne-moi tes bras, oui, comme ça, c'est bien, comme tu es joli, ôte-moi vite ce pantalon, mais quelle horreur, retire ce slip, c'est dégoûtant, les gentilles petites filles ne mettent pas de culotte, voilà comme ça, tourne-toi, je te dis de te tourner, cache-moi cette maladie, cette atrocité, les petites filles n'ont pas de chose comme ça, il faudra t'opérer, ma petite caramelle, voilà, je te l'enfile, comme ça, elle te va à ravir, tourne, tourne, cette petite robe est à toi, mets tes bras au-dessus de ta tête, oui, comme ça, en arabesque, rien ne pourrait mieux t'aller que cette petite robe, toute violette, presque grise, elle est à toi. Après, elle me pousse de toutes ses forces sur mon lit, mon lit-maison, mon abri-ciel, je me recroqueville comme un escargot, je ferme les yeux, tout nu dans la petite robe, et je m'envole, je traverse les nuages mouillés, je suis aspiré. Quelque chose ne va pas, je sens que quelque chose ne va pas, je suis une fille, je suis un garçon, maman, console-moi, viens contre moi, je voudrais qu'elle me prenne dans ses bras, mais aucun son ne sort de ma bouche, ma mère est déjà loin, repartie. Dans la salle de bains, ça cogne de partout, et ça crisse, et ça casse. Alors, je me recroqueville encore plus, je serre les mains, les paupières, et je finis par m'endormir en pleurant, tout seul dans le noir, jusqu'à ce que mon réveil sonne, il est sept heures moins dix, il faut que je parte à l'école. J'ouvre un œil, je suis si fatigué, comme si je n'avais pas dormi de toute la nuit, sur la tringle de la penderie, la petite robe violette est à nouveau suspendue sur son cintre en fer, et moi, je suis en pyjama dans mon lit. Vous pensez que je suis fou ?

— Non, Lucio. Tu n'es pas fou. Et ton père ?

Arrigo s'affolait. Il était mal à l'aise. Visiblement, il cherchait à se rassurer, à comprendre. Il s'est tourné vers Adela. Elle s'est levée en laissant un billet et des pièces sur la table. Elle m'a pris la main. Je n'avais jamais raconté ces choses-là à qui que ce soit, je flottais, vidé, pour la première fois de ma vie je me sentais léger, je me laissais porter par le vent.

On est arrivés chez elle, ça sentait la quiche et les pommes au four. Dans le salon, Silvia avait allumé un feu de bois. Par les baies vitrées, je voyais le jardin. Il avait perdu de son éclat. L'hiver avait tout barbouillé. Au bout du couloir, dans la cuisine, on entendait les bribes d'une émission de radio. Une voix intervenait à la fin de chaque chanson, qu'une guitare accompagnait. Silvia reprenait les airs, quand elle ne se souvenait pas des paroles, elle sifflotait maladroitement. Je n'avais qu'une envie, aller dormir. Finis mes mensonges, fini mon anniversaire. Le château de cartes tanguait, bientôt il s'effondrerait. Debout devant les flammes, je laissais la chaleur mordante asticoter la paume de mes mains, mon visage, à la limite du supportable. Adela et Arrigo avaient disparu, j'étais las, la fatigue m'enveloppait, un manteau de chaînes, lourdes. Je me suis allongé par terre sur le grand tapis à losanges orange et rouge et je me suis endormi dans un tangage de crépitements. Bien plus tard, des profondeurs de mon sommeil, j'ai senti qu'on me soulevait, les bras d'Arrigo, la voix d'Adela, j'ai inspiré, longuement, au moment d'expirer, une couette me recouvrait, je me suis mis en boule, sur le côté, l'oreiller entre les jambes.

Au milieu de la nuit, j'ai ouvert les yeux. Tout ça ne pourrait pas durer. J'étais sur un fil. Nous étions tous les trois sur le fil. Du rasoir. Je savais que quelque chose allait se passer. L'ombre des arbres se balançait dans l'encadrement de la fenêtre, un réverbère les éclairait par-dessous. Pas un bruit. Je fixais la fenêtre sans oser bouger. Dans le bas de la vitre, une petite forme allongée. On aurait dit un doigt. Je le fixais. Le doigt pointait vers le ciel. La maison dormait tout entière, je sentais le moindre mouvement de l'air, le doigt ne disparaissait pas. J'avais beau me dire qu'un doigt, comme ça, sorti de nulle part, ce n'était pas possible, rien n'y faisait, il était bel et bien là. J'étais tétanisé. Peut-être voulait-il m'indiquer quelque chose ? J'ai fini par fermer les yeux. J'espérais me rendormir, dormir et mourir au monde, quand le jour reviendrait, le doigt aurait disparu.

29

Des coups dans le mur. Un balai contre les plinthes. Des claques sur la porte. Peut-être un torchon. Silvia devait être en train de faire le ménage dans le couloir. Le jour inondait la chambre. Le cœur battant, j'ai tourné les yeux en direction de la fenêtre, le ciel était plein de nuages clairs. Le doigt avait disparu. Tout allait rentrer dans l'ordre. Je le sentais. D'ailleurs, quand j'aurais retrouvé ma mère, je ne la reconnaîtrais plus tellement elle serait heureuse de me voir. Notre vie changerait. Une vie autrement. Je me suis levé d'un bond, en deux minutes j'étais habillé.

Hola Silvia, j'ai dit en ouvrant la porte, elle n'était plus là. Le palier embaumait la cire et la lavande. J'ai descendu les marches quatre à quatre, les marches du grand escalier-toboggan. Arrivé en bas, le sol était encore mouillé, j'ai glissé, je me suis rattrapé à la rampe, le torse arc-bouté contre le parapet, jambes tendues en arrière. Champion ! m'a lancé Adela, les mains en avant, prête à me soutenir. Elle riait.

— Silvia ! Tu peux faire chauffer du lait pour Lucio, s'il te plaît ?

Pas de réponse.

— Silvia ?

— *Sí, sí, señora,* j'arrive. Je termine le linge.

Adela a voulu se baisser, mais je voyais bien que ça lui faisait mal, elle m'a pris les mains, il y a eu cet étrange instant où j'ai cru qu'elle allait me prendre dans ses bras.

— *Nene*, tout ça va s'arranger, d'accord ? On va s'occuper de toi, tu ne peux pas rester comme ça. Nous non plus.

Adela resplendissait. À sa façon de me regarder, je me sentais beau moi aussi. Métèque et beau. Elle a plongé ses yeux olive dans les miens, j'étais chaviré. Alors, j'ai commencé à serrer les fesses, une-deux, une-deux, tendues, détendues, ça me donnait une contenance. Dès qu'elle a tourné le regard, j'ai filé dans la cuisine.

— Le lait est chaud. T'as qu'à prendre le chocolat sur l'étagère. Le grille-pain est là-bas.

Silvia enchaînait les phrases. Je l'exaspérais.

— Et puis, t'as qu'à te débrouiller, ça ira comme ça, j'ai du travail, moi, avec toutes vos allées-venues, va pas falloir que ça continue comme ça, sinon la *señora* Adela n'aura qu'à se trouver une autre *mucama*.

J'ai avalé mon petit déjeuner aussi vite que j'ai pu. Puis, je suis sorti dans le jardin par la porte de service. Dans une première courette, du linge séchait sous un auvent. Une cour plus grande lui succédait. Une table en teck avait été poussée contre un mur de pierres. Après venaient les arbres et la pelouse où Adela badaudait. Elle remplissait un grand sac en toile de fleurs fanées et de branchages qu'elle a ensuite posé sous l'auvent.

— Allez, viens *maintenant*.

Sans se retourner, elle s'est dirigée vers le portail, ça sentait la terre fraîche et le gasoil. Elle est montée dans sa voiture en me demandant de lui tenir sa canne. Puis, elle m'a dit de venir m'asseoir à côté d'elle à l'avant, avant de démarrer. Elle me ramenait chez Arrigo.

En arrivant, j'ai trouvé la jardinerie triste. On aurait dit un jardin abandonné. J'ai poussé la grille. Tandis que j'avançais sur les gravillons de l'allée, une sorte de bonheur est pourtant venu se mêler à mon inquiétude. Une drôle de sensation. Insensée. La porte de la maison était grande ouverte, dans la calebasse qu'Arrigo tenait à la main, debout près de l'entrée, un maté fumait. Il a poussé le seul fauteuil convenable vers Adela qui m'avait suivi. J'ai saisi la thermos d'eau chaude posée sur la paillasse de l'évier et je me suis assis sur un tabouret.

— Lucio, Arrigo et moi, on voudrait te parler de quelque chose. Voilà, on n'a pas trop le choix. Soit l'un de nous deux essaie de t'adopter, ce qui ne sera pas simple, mais on peut le tenter ; soit on va devoir s'adresser aux autorités judiciaires pour que tu retrouves ta famille.

M'adopter ? C'était quoi, cette histoire ? Il n'était pas question que qui que ce soit m'adopte. En même temps, si je refusais, je risquais gros.

— Mais, pour ça, on a besoin de savoir d'où tu viens, si tes parents te cherchent, si tu as fugué. Parce qu'on ne peut pas faire n'importe quoi, tu comprends ? Il y a un moment où il faut dire la vérité. Arrigo t'a accueilli sans rien te demander. On t'écoute. D'où viens-tu ?

— De France.

— Je ne comprends pas, Lucio, a poursuivi Adela. Tu es allé en France ou tu es français ?

— Je suis français.

J'hésitais à continuer. Mais je voyais bien qu'on était tous les trois dans une impasse et qu'il fallait en sortir sans trop de casse.

— J'ai perdu ma mère avant Noël, on était en voyage, c'était dans une librairie du centre.

— Mais qu'est-ce que c'est que cette histoire ? Tu l'as perdue et personne ne t'a aidé ? Et ton père ? Et la police ? Que s'est-il passé ? Tu as un papa, non ? De la famille ? Ne me dis pas que, pendant tous ces mois, tu es resté tout seul dans la rue ?

— Ben non, j'étais pas vraiment seul.

— Avec qui étais-tu alors ?

— Je veux retrouver ma mère, il faut que vous m'aidiez.

Au même moment, une camionnette s'est arrêtée devant la jardinerie. Arrigo a fait un bond, il est sorti. Avec le vent qui portait, on l'entendait discuter. Ma phrase était restée sans réponse. Adela s'était tue, elle avait l'air déboussolée. Elle réfléchissait, paupières baissées, se grattait le genou, joignait ses mains, croisait, puis décroisait ses doigts. Dehors, une portière a claqué. Arrigo remontait déjà les marches de la terrasse en bois.

— Bien, a-t-il asséné comme on tape du poing sur la table. Évidemment qu'on va t'aider. T'en penses quoi, Adela ?

— Eh bien oui, même si je ne devrais pas. La loi est la loi. Mais qui me dit que ce que tu nous racontes est la vérité, Lucio ? Je prends un risque immense *aussi*, surtout avec mon métier. Je pourrais tout perdre. Tu comprends ? Vous comprenez tous les deux ?

Arrigo l'a coupée net. Quelque chose le titillait. En fait, il ne l'écoutait plus. C'était fou comme ces deux-là se rapprochaient et s'éloignaient sans cesse.

— Tu peux reconnaître la librairie dont tu nous as parlé, Lucio ? Tu te souviens de l'hôtel où vous dormiez ?

— La librairie, je l'ai revue une fois, peut-être que je peux. L'hôtel, non, c'était un appartement, je sais plus.

— Ton nom de famille, c'est quoi ?

Je me raclais la gorge et faisais semblant de chercher.

— Je sais plus, j'ai oublié.

— Te fiche pas de nous, *dale* ? C'est quoi ton nom ?

— Lucio, un point c'est tout, j'ai crié. Et si ça vous va pas, allez vous faire foutre !

Étranger. Je devenais étranger à moi-même.

Comment pouvais-je leur parler comme ça, alors qu'ils étaient si attentionnés ? Tout était clair pourtant. Je ne pouvais pas continuer à vivre sans savoir pourquoi ma mère avait disparu.

— Il faut retrouver ma mère. Elle est ici. Enfin, quelque part par là. Je le sais. Si d'autres de ma famille s'en mêlent, ils me feront du mal.

Adela a fait un signe à Arrigo, ils sont sortis. Je les voyais arpenter le jardin en direction de la serre, ma création écologique. Ils ont fini par faire demi-tour. Côte à côte: Un drôle de couple. Lui, le jardinier fauché, et elle, la psychologue des beaux quartiers. Avec du recul, rien ne les reliait. À part moi. En entrant, Arrigo a tout de suite pris la parole.

— OK, Lucio. On y va. C'est pas gagné, mais on y va. D'abord, tu dois nous décrire ta mère, nous parler d'elle, y'a pas d'autre solution, on en a besoin pour se lancer dans des recherches. Assieds-toi.

Adela avait retrouvé une apparence lointaine, détachée. Elle s'appliquait à mettre à nouveau une distance avec ce qui se passait. Elle semblait ne pas être dans la vie, mais plutôt la mettre en scène. Elle la détaillait. Comme si elle la filmait. Arrigo, c'était du solide. J'aimais ses mains calleuses – doigts courts, larges paumes. Des mains qui creusaient la terre comme une pelle, arrachaient les mauvaises herbes comme une binette. Arrigo avait une haleine de foin coupé. Je me sentais comme lui. Libre. J'ai plongé en moi, en essayant de me souvenir.

30

— Ma mère est grande, avec un long cou, elle me fait penser à une cigogne, mais avec une bouche souvent rentrée en dedans, à cause de la colère. Elle est pas laide, sa bouche, juste triste. C'est dur de me souvenir, ça fait tellement longtemps. J'ai plus des images, comme ça, qui me viennent. Elle a toujours un grand sac mou en bandoulière, il est trop lourd pour moi, alors je peux pas le porter longtemps et j'ai peur pour elle avec tout ce qu'elle m'a raconté. Elle met toujours plein de choses dedans, une grande brosse, des pochettes, des boîtes de médicaments, une bouteille d'eau, du pain d'épice, des livres. Elle achète tout le temps des livres, plein de livres qu'elle ne lit pas, elle les laisse sur la table à côté du canapé-lit ou par terre en piles, ils disparaissent au fur et à mesure, elle les remplace par d'autres. C'est comme si elle les lisait sans jamais les ouvrir. Juste en regardant les titres, juste en les touchant. Le matin, il faut pas lui parler, elle est énervée, elle souffle, elle boit son café debout, trois grandes tasses qu'elle remplit en y ajoutant de l'eau du robinet. Pour diluer. Elle dilue tout ce qu'elle boit. Souvent, quand je me lève, elle est pas là. Soit elle est pas rentrée de la nuit, soit elle est déjà partie, on dirait qu'elle veut pas me voir. Quand elle est là, dès que je sors du lit, elle me dit : Va te laver les dents, tu sens mauvais de la bouche. Je m'exécute. Une fois avant mon chocolat et mes tartines, une autre fois après. Pour pas puer de la gueule.

Adela et Arrigo faisaient une drôle de tête. Ce n'était peut-être pas tout à fait ce qu'ils voulaient savoir, mais je faisais comme je pouvais. Comme ils ne m'interrompaient pas, j'ai repris.

— Je m'appelle Lucien, Lucio, c'est pour ici. Ma mère, c'est Violette, *ma fleur* pour mon grand-père. Elle déteste qu'il l'appelle comme ça, elle se met à transpirer, elle devient pâle, comme une morte-vivante, avec des cernes verts. Pour s'habiller, elle met toujours des robes. Été comme hiver. Sauf quand elle a ses règles, cette chose de dame, cela ne te regarde pas, elle me dit. Ces jours-là, elle met des jeans et elle reste enfermée. Les jeans, c'est ignoble, elle dit, c'est le pantalon du laisser-aller. C'est pour ça qu'elle ne m'en a jamais acheté. Quand on est venus ici, elle mettait tous les jours ses sandales hautes qui la font tellement grande. À la maison, elle est toujours pieds nus, avec ses orteils presque aussi longs que mes doigts de la main. Enfin, quand même pas tout à fait, c'est pas un monstre, ma mère ! Elle est belle. Les hommes qui passent chez nous lui disent qu'elle est bonne. J'aime pas. Chez nous, il n'y a pas grand-chose, juste ce qu'il faut pour manger, dormir, travailler. Le ménage, c'est pas son truc, alors elle me répète sans arrêt de ranger et elle profite de mes mauvaises notes pour me faire passer l'aspirateur. Chez nous, ça sent toujours bon. Ma mère porte un parfum au miel et à l'orange. Et puis, il y a aussi son haleine, odeur d'arbres. Et ses cheveux. Ils sont longs et foncés, elle fait des chignons, j'aime ramasser ses épingles à cheveux sur le carrelage de la salle de bains et les sentir. En inspirant fort, il y a l'odeur de sa peau. Bien sûr, elle parle argentin comme vous, comme moi, parce que, quand elle était petite, elle vivait ici. C'est pour ça qu'on est venus. Elle m'a fait rater l'école pour partir. Une fois arrivés, on n'a pas arrêté de se balader, sans arrêt, dans des magasins, dans des rues, partout. Elle cherchait quelque chose. Mais je sais pas quoi. Dès qu'on quittait notre petit appartement, on marchait. Sauf que ma mère, elle marche pas, elle court, elle est pressée. Elle déteste rester immobile, elle dit que ça la frigorifie. Quand elle s'assoit pour manger, elle sort de son sac des pulls, des foulards, qu'elle superpose, ça lui fait un haut gonflé, avec des jambes maigres en dessous. La peau de son visage est si claire qu'on voit ses veines, une peau presque bleue, comme le ciel du matin très tôt, celui que je fixe par la fenêtre quand elle est pas rentrée de la nuit. Et que j'ai peur.

Il y a eu un moment de silence. Je crois qu'Adela

aurait voulu se rapprocher de moi, mais elle a eu un réflexe de recul. Arrigo a pris le relais.

— Tu ne veux toujours pas nous dire ton nom de famille ?

— Je peux vous dire le nom de la librairie. *Austral*.

— Et quand t'y es retourné, tu n'es pas allé leur demander ?

— Leur demander quoi ?

— Eh bien si ta mère ou la police étaient venues pour toi !

— J'avais peur.

— Peur ?

Adela s'est interposée.

— Laisse-le, Arrigo, c'est un enfant.

— D'accord, mais on va faire comment ? T'as une idée, toi ? T'as vu la taille de Buenos Aires ?

Il s'énervait un peu, se retenait.

— Tranquillement. On va y aller tranquillement. D'abord la librairie, puisqu'on a son nom, a simplement proposé Adela qui avait griffonné sur une feuille pendant que je parlais.

Je me suis penché sur la feuille. Une femme un peu comme ma mère, mais en plus sévère, plus figée.

— Tu trouves que ça lui ressemble ?

— Un peu, mais pas trop. Ma mère, elle bouge tout le temps. Elle est plus zigzagante.

Elle a sorti un téléphone portable de son sac, un tout petit, je n'en avais jamais vu de semblable.

— D'abord, la librairie. *Austral*, tu as dit.

— Tu en es bien sûr ? a cafouillé Arrigo. Parce que retrouver une femme grande, qui bouge, avec une robe, des talons et de longs cheveux à Buenos Aires…

Adela lui a fait signe de se taire.

— Je ne trouve pas de librairie *Austral*. ¿ *El Libro Genio* ? ¿ *Tarántula* ? ¿ *Prometeo* ? Ça te dit quelque chose, Lucio ?

— Non. Je sais plus. Mais je me souviens qu'un bus passe devant. Le 60. Ça, j'en suis sûr. Rouge et jaune.

Adela a souri. On est sortis sur la terrasse. Une odeur de marais montait du *río*. L'air était collant.

— Eh bien voilà. On va récupérer le 60, il passe là-haut sur Maipú.

Adela avait repris la main. Elle avait trouvé une solution. On est montés dans sa voiture pour remonter la côte et elle s'est garée près de l'arrêt de bus. On n'était pas les seuls à attendre. Des taxis ralentissaient, à tout hasard, Arrigo leur faisait signe que non. Quand le 60 est arrivé, Adela a acheté trois billets au chauffeur, des passagers se sont poussés pour nous laisser passer. Une femme, manteau kaki et poussette repliée à la main, agrippait sa petite fille en poncho à franges rouges par l'épaule. Elle nous souriait et n'arrêtait pas de passer de mon visage à celui d'Arrigo, puis à celui d'Adela. Arrigo m'a demandé de me concentrer sur l'extérieur.

— Dès que tu reconnais quelque chose, n'importe quoi, tu nous dis.

Un type avec des lunettes rondes, feutre de travers sur la tête, s'est levé pour céder son siège à Adela. Elle l'a remercié d'un sourire aimable qui découvrait des petites dents un peu grises, désordonnées. Elle parlait toujours la bouche presque close, ce qui fait qu'on ne voyait pas ses dents. Arrigo a attrapé sa canne et l'a aidée à s'installer. Quand je serai grand, j'aurai une canne moi aussi, j'ai pensé, une canne en bois verni avec une poignée en or.

La route n'en finissait pas. Il fallait traverser plusieurs banlieues avant d'arriver dans le centre. Ralentissements, accélérations, arrêts brusques, les portes s'ouvraient, se refermaient, des bus beaux comme le nôtre faisaient la course entre eux, le chauffeur restait concentré, quand les gens le saluaient, il faisait juste un signe de la tête. Dehors, une succession de maisons, de bâtiments, de feux. Je ne reconnaissais rien. Rien de spécial. Les rues sont ensuite devenues plus colorées, avec des magasins, des vitrines, plein de vitrines remplies de belles choses comme sur des pages de magazines. Un type à vélo, veste en cuir et petite écharpe rayée bleu et noir a longé notre bus à l'arrêt, il avait un casque sur les oreilles, il chantait. De l'autre côté de la rue, à la terrasse d'un café, des filles et des garçons buvaient des bières sous des parasols chauffants. En prenant un virage un peu trop serré, le bus a légèrement dérapé. On s'est rattrapés les uns aux autres. Sur la droite, une grande place avec des gradins sales et des chiens qui traînaient.

— Là, j'ai dit. Je suis sûr que c'est par là.

D'un geste vif, Arrigo a appuyé sur le bouton bleu pour que le chauffeur s'arrête à la station suivante,

Adela s'est accrochée à son bras, on formait un bloc à nous trois, prêt à sauter dehors. Les portes se sont ouvertes, il pleuvait, on n'avait pas de parapluie. Alors, on a couru vers le bistrot le plus proche. Arrigo s'essuyait le visage. La pluie se mêlait à la sueur de son front. À l'intérieur du café, il faisait chaud. Je me suis glissé sur une banquette avec des coussins marron, tout d'un coup, je n'avais plus envie d'y aller, juste envie de dormir. On laisse tomber, j'aurais voulu leur dire.

— Tu veux un chocolat chaud, Lucio ?
— Non. Rien.

Adela s'est mise à parler.

— Qu'est-ce qui s'est passé le jour où tu as perdu ta maman, Lucio ?
— J'étais dedans, elle est sortie, je la voyais derrière la vitrine et les piles de livres, puis je l'ai plus vue. Plus jamais.
— Et le libraire ?
— C'était une dame. Méchante.
— Mais je ne comprends pas, elle ne t'a pas aidé ? Qu'est-ce qu'elle a fait ?
— Rien.

Adela a plongé ses yeux énervés et excités à la fois dans ceux d'Arrigo. Cette affaire, ça lui plaisait. Peut-être qu'elle s'ennuyait avant, toute seule dans sa grande maison.

— Allez, c'est bon, viens avec moi, Lucio, on va voir la libraire. Adela, tu restes au chaud, pas la peine qu'on débarque à trois.

Elle a acquiescé d'un petit signe de la tête, imperceptible, en virgule. Elle minaudait un peu.

— Vous abandonnez maman ? s'est amusé un serveur, pantalon en cuir et bandana autour du cou.

Arrigo m'a pris par la main. Je me sentais ridicule. On a traversé le carrefour, en biais. Deux chauffeurs de taxi se disputaient un passager qui ne savait plus quoi faire avec son bouquet de fleurs dans les bras. Les deux imbéciles étaient suspendus à leurs portières ouvertes et s'insultaient. Agacé, le type nous a regardés, les yeux levés au ciel. Il est rentré dans le plus pourri des deux, une vieille Renault noir et jaune qui touchait presque le sol. Fou de rage, le chauffeur a appuyé si fort sur son accélérateur que ça a laissé une odeur de caoutchouc brûlé.

— ¡ *Qué boludos !* Ils sont vraiment tarés, ces chauffeurs de taxi, s'est emporté Arrigo en tirant un peu fort sur mon bras.

— Tu me fais mal, j'ai dit.

— Pardon, bonhomme, c'est tous ces connards qui m'énervent.

Quand il a poussé la porte de la librairie, mon cœur s'est emballé. Mirta Lopez était assise au fond, face à son ordinateur, derrière les mêmes piles de livres en équilibre, ça sentait la vieille et l'eau de rose. Elle s'est levée. Sérieuse et satisfaite.

— Bonjour messieurs, je peux vous aider ?

Arrigo a laissé traîner un *buenos días* un peu gêné.

— Nous venons vous voir pour quelque chose d'un peu particulier.

Le visage de la libraire s'est plissé, inquiet.

— Je vous écoute. De quoi s'agit-il ?

— Ce jeune garçon est venu dans votre librairie il y a environ neuf mois avec sa maman qu'il a perdue ici même.

L'atmosphère devenait bizarre, les odeurs tournaient, aigres. Je regardais partout, excepté dans leur direction. Sur le présentoir, les attrape-soucis s'étaient volatilisés. Cette fois-ci pourtant je n'aurais pas hésité et j'en aurais bien volé un. Dommage, ça aurait peut-être tout réglé.

— Je ne vois pas du tout.

— Ça ne vous dit rien, il y a quelque temps, une dame française avec son enfant qui s'est retrouvé tout seul à la porte de votre librairie ?

— Des dames françaises, il y en a plein qui viennent ici. Et de jeunes voyous qui entrent ici seuls et qui trifouillent dans mon magasin, plus d'une fois j'en ai mis dehors.

Arrigo a fait la grimace. Qu'est-ce que ça aurait changé que je dise que ma mère parlait si bien l'argentin qu'on aurait dit qu'elle était d'ici ? La libraire n'aurait jamais pu deviner qu'elle était française. Mais le dire aurait servi à quoi ?

— Un enfant tout seul, ça vous paraît normal ? Vous n'cherchez même pas à savoir ce qui se passe ? Et vous ne faites rien pour lui porter secours ?

— Parce que, pour vous, la mère de ce *negrito* serait française ? Franchement, lui, il a l'air ni français, ni d'ici. Faudrait veiller à vous méfier, monsieur.

Puis, en posant sa main sur une pile de livres aux couvertures plastifiées, elle a eu un petit rire moche. Un rire très court, presque inaudible. Alors, j'ai donné un grand coup de poing dans la pile et elle a perdu l'équilibre. Salope. Bien fait pour sa gueule. Par chance, Arrigo l'avait rattrapée avant qu'elle ne s'écrase par terre avec ses livres pourris. On était partis, sans dire un mot, en claquant la porte. Cette sorcière n'avait même pas dû me reconnaître. Mon seul espoir s'était envolé. Finie cette piste-là, finies les petites boîtes, la Mirta Lopez pouvait rester là et régner au milieu de tous ses livres. Elle finirait bien par disparaître. À tout jamais. Engloutie entre deux chapitres.

31

Il n'arrêtait pas de pleuvoir. Le ciel semblait vouloir se vider de sa grisaille sans jamais y parvenir. Arrigo était dépassé par toute cette eau qui noyait de nouveau la jardinerie. Depuis notre échec à la librairie, il passait des heures à scier des planches. De grandes planches en bois solide qu'il découpait et ajustait sur des tréteaux pour y disposer ses plantes. Placées en hauteur, elles ne baignaient plus dans la boue et l'eau stagnante. Depuis quelques jours, le *río* s'engouffrait dans les chemins et les rues. Chaussures dépareillées, bidons, poupées démembrées, tubes et débris en tout genre s'amassaient sur les rives et dans les caniveaux. Je sentais bien qu'Arrigo voulait travailler en paix. Alors, pour ne pas le déranger, je remplissais de grands sacs-poubelle avec les détritus qui s'accumulaient dans la végétation et le long des grillages de la jardinerie. Notre environnement faisait plus penser à une décharge qu'à autre chose. Parfois, je glissais des trésors dans ma sacoche en bandoulière. Un superbe bouchon en liège marbré, un corps de Barbie – sans la tête, on aurait dit une sculpture –, des bouts de bois, une soucoupe jaune fluo en plastique. Je les cachais ensuite sous mon lit.

Temps de chien. Déprimant. Je m'occupais comme je pouvais. On vivait une sorte de trêve. Adela ne donnait plus signe de vie. Le soir, Arrigo buvait de la bière.

— Pourquoi Adela ne vient plus ?
— Elle a beaucoup de travail, Lucio.
— Elle ne travaille pas tout le temps, quand même ?
— Tout ce que je sais, c'est que c'est comme ça.
— On va la revoir ?
— Je pense.
— Et ma mère, on la cherche plus ?
— Mais si. Je fais ce que je peux. J'ai passé le mot à des gars de la rue que je connais. Si tu me donnais au moins ton nom de famille, peut-être que ça ferait avancer les choses.
— Non, Arrigo, on sait jamais, je veux pas qu'on me renvoie en France. Sans ma mère, mon oncle me mettrait la main dessus.
— C'est un sale type ?
— Très sale.
— OK, t'inquiète pas. Soit on retrouve ta mère, soit tu restes avec moi. On s'débrouillera. Ça te va comme ça ?
— Ça me va.

Arrigo n'avait personne et moi je n'avais plus personne. On s'entendait plutôt bien. Il avait l'habitude de se parler tout seul, parfois tout haut, parfois dans sa tête. Il haussait les épaules, levait les yeux au ciel, acquiesçait, voilà, d'accord, voilà, il répétait.

— Arrigo, t'es triste ?
— Un peu.
— T'inquiète, Adela va revenir.

Il m'a regardé étrangement. Sans un mot. Et toujours ce foutu temps de chien.

Tout était humide. Les coussins, les draps, nos vêtements. Je rêvais de la maison d'Adela où il faisait si bon, mais je n'osais pas y retourner. J'en avais assez de ramasser les détritus échoués du *río*, il y en avait tellement qu'il aurait fallu des dizaines de personnes pour m'aider. Les éboueurs ne se risquaient plus dans notre coin, l'estuaire avait pris le dessus. Des montagnes de sacs-poubelle obstruaient les carrefours. Circuler était devenu un exploit. Plus personne ne prenait la peine de venir jusqu'à nous pour acheter des plantes, on ne vendait plus rien. Plus un rond. On commençait à avoir faim, des pâtes, toujours des pâtes et des haricots en conserve.

— Arrigo, si je reste avec toi, je pourrai retourner à l'école ?
— Je ne sais pas. Pourquoi tu me demandes ça ?
— Parce que j'y pense. Ça me manque parfois et je voudrais pas devenir débile. Plus tard, j'ai pas envie d'être l'esclave d'un autre.

Il a sursauté. Son marteau levé en l'air pointait un ciel en écailles de poisson.

— Esclave ? Tu crois que je t'exploite ?

J'ai éclaté de rire.

— Mais non, t'es gentil, toi. C'est que, quand je serai adulte, j'ai pas envie de vivre au milieu des poubelles en ramassant la merde des autres.

— Évidemment, il a rétorqué avec détachement.

Il venait de poser son marteau sur les planches qu'il avait terminé de fixer. Il a sorti son téléphone portable qui vibrait de la poche arrière de son pantalon.

— *Hola pibe*, oui, je me souviens de ce type. Le *cartonero* qui sait tout. Je vois qui tu veux dire.

L'autre lui parlait, il écoutait.

— Ouais, *dale*, je pourrais pas le rencontrer, ton cartonnier ? J'ai un truc à lui demander. OK, ça marche. Tu passes ? Bon, d'accord, c'est moi qui viens.

Il s'est remis à s'affairer, je suis allé dans ma chambre et j'ai sorti mes trésors de sous mon lit. Et si je faisais un cadeau à Adela ? Ça, c'était une bonne idée. Je suis allé ouvrir le tiroir de la table de la cuisine. De la colle forte et un couteau. Assis par terre, sur le carrelage froid et humide, j'ai tout étalé. Une cuisse de baigneur, la roue noire d'un camion en plastique, des brins de muguet en tissu, de la ficelle verte, une planche de bois à moitié recouverte de peinture écaillée – elle venait sûrement d'un bateau qui avait coulé. Avec tout ça, j'allais faire quelque chose de bien.

Quand j'ai terminé mon œuvre, j'ai attrapé mon blouson, qui avait séché près du radiateur électrique. En l'enfilant, j'ai vu que le bout de la manche droite avait une tache marron, pire, en la frottant, j'ai compris qu'elle avait brûlé, Arrigo m'avait pourtant prévenu, pas trop près, si ça prend feu, toute la baraque fiche le camp. Alors, je lui ai juste fait signe, de loin, pour qu'il sache que je partais en balade. Puis, comme il désignait sa montre, j'ai déplié un doigt, puis un second. Deux heures, de quoi prendre l'air.

Une fois dans la rue, ma création avait perdu de son attrait. Elle était sans intérêt, laide. Je l'ai balancée au milieu des poubelles. Et si j'allais voir la mer. Même si ce n'était pas la mer. Elle m'attirait. Surtout depuis qu'elle débordait de partout. Mais impossible de m'approcher du rivage, l'eau avait recouvert les accès et les pontons. On ne voyait plus que des cimes d'arbres à moitié immergés. C'était beau. Je sautais d'un monticule de terre à une souche, passais d'une planche à un bidon. Parfois, je m'enfonçais dans du mou, puis je regrimpais sur du dur. Ça sentait le pourri et le chewing-gum. Le ciel à perte de vue m'aspirait, gris et gluant. J'adorais. J'ai pensé : C'est bien, cette vie avec Arrigo.

De retour à la jardinerie, personne. Il faisait nuit noire quand Arrigo a poussé la grille. Je n'avais aucune idée de ce qu'il était parti faire, en tout cas, il avait l'air excité. Il m'a pris les poings dans ses mains calleuses. Il retenait ses mots. D'un coup, il a lâché :

— Lucio, on est sur une piste. Une Française.
— Ma mère ?
— Ça, je ne sais pas, mais ça se pourrait. Je n'en suis pas sûr, qui sait...

Je me suis raidi. Peur qu'on n'y arrive jamais.

— Bon, arrêtons de nous faire des idées, c'est peut-être une fausse piste, juste un début. *¿ Dale ?* Viens, on s'assoit. Je te sers une petite bière. T'es un homme, non ?

Son téléphone a vibré, il a décroché :

— Non, pas ce soir. N'insistez pas, les gars. En revanche, jeudi, je viens avec le gosse. Déconnez pas ! Je vous soutiens à fond ! *¡ Y dale dale Vélez !* Ce sont les meilleurs !

Puis, en me regardant :

— Eh bien, bonhomme, qui aurait cru que je lâcherais un match comme celui-là ? Allez, on boit un coup et je lance une plâtrée de pâtes ?

J'étais content. J'ai bu cul sec, envie de rire et de taper sur les murs. En me levant, j'ai perdu l'équilibre, c'était ça, être bourré ? Arrigo a allumé la télé. Puis, il s'est hasardé :

— Lucio, c'est vrai que t'as jamais vu ton père ?

— C'est vrai. Mais c'est pas grave, tu sais.

Par la fenêtre au-dessus de l'évier, j'ai vu le ciel s'éclairer d'un coup. J'ai poussé la porte d'entrée, la jardinerie brillait comme en plein jour, argentée et nue. Elle ne ressemblait plus à rien sous la pleine lune d'hiver, mais, dans tous les pots qu'Arrigo avait sauvés, les petites pousses tenaient bon.

Le lendemain matin, Adela est passée. Ça nous a surpris et embarrassés. Elle avait eu beaucoup de travail, elle était désolée, c'est comme ça, vous savez, je n'ai pas trop le choix, ce que je fais, c'est beaucoup de responsabilités. En même temps, elle aussi était gênée. Ça me confortait dans l'idée que j'avais déjà d'elle. Ce n'était pas une femme pour Arrigo. Lui, n'a rien répondu, juste enchaîné :

— J'ai du nouveau. Il y aurait peut-être une personne qui correspond à la description que Lucio nous a faite de sa mère. Du côté de Recoleta. Une Française.

Il détachait ses mots, comme un maître d'école, ça ne lui ressemblait pas. Je voyais bien qu'il voulait être froid. Elle l'écoutait, distante, les deux mains posées sur le pommeau en tête de lévrier d'une canne que je ne lui connaissais pas.

— Comment as-tu fait *alors* ? C'est extraordinaire, ça.

— Les gars d'la rue. Des amis. Ils en savent des choses, tu sais.

Elle essayait de trouver quelque chose à dire.

— Tu sais bien à quel point Lucio compte aussi pour moi. Tout ça, c'est compliqué. Aussi, je veux que tu saches que je ne dirai rien. Rien de tout ça. À personne.

J'ai pris la parole :

— On va se débrouiller entre hommes. C'est plus facile.

Il fallait que le malaise se dissipe. Adela pâlissait à vue d'œil. Arrigo s'est radouci.

— Bon, alors, je vais vous laisser *maintenant*. En tout cas, si vous avez besoin de moi, n'hésitez pas.

Une ombre est passée sur ses yeux.

— La maison est ouverte *encore*. Lucio, ta chambre

est toujours là, si tu veux. Tu n'as qu'à sonner, tu seras toujours le bienvenu.

Je me suis tu. Quand on n'a rien d'intéressant à dire, il vaut mieux la boucler. Une règle qui fait que dans notre famille, en France, on passait des déjeuners entiers sans se parler. Des déjeuners où ça bourdonnait, où on sentait qu'à un moment ou à un autre ça risquait de péter. Des déjeuners où, après le plat principal, chacun se levait avec son assiette et ses couverts, allait les mettre dans la machine à laver la vaisselle et disparaissait sans prendre de dessert. C'est au dessert que ça aurait éclaté. Alors, tout le monde préférait s'éclipser avant. Comme Adela. Elle venait de repartir sans insister.

— On y va, Lucio ? On va voir la Française ?

Arrigo n'avait pas bonne mine. Adela ne reviendrait peut-être plus. Était-ce vraiment ce qu'il voulait ? Je me sentais mal, comme si tout était de ma faute. Encore une fois.

32

En attendant le train, sur le quai, je suis entré dans une cabine téléphonique en sautant à cloche-pied. Arrigo s'était adossé à une grille. Il mordillait le filtre d'une cigarette éteinte. Je m'amusais à faire semblant de passer des coups de fil. Personne autour. Personne pour m'engueuler. De l'autre côté de la voie, sur une affiche, un titre de film, *Historias mínimas,* avec un homme de dos au milieu de nulle part. Des histoires de rien du tout... Qu'est-ce qu'elles pouvaient bien raconter ? Je tripotais le fond de ma poche. Dans la doublure déchirée, je sentais quelque chose. Comme un morceau de tissu. De mon index, j'ai élargi le trou, c'était le drapeau argentin que m'avait offert ma mère, en boule. Et dedans, ma capsule porte-bonheur. Une avionnette est passée au-dessus de la gare. Des coups de sifflet ont retenti au loin. Un chien gémissait, des aboiements rauques. La main d'Arrigo s'est posée sur mon épaule.

— On y va ?

Le train entrait en gare dans un couinement détestable. On est montés dans un wagon et on s'est assis. Moi près de la fenêtre. Je fouillais du regard les maisons qu'on longeait, j'imaginais les vies dedans. Des vies éclair. Une dame, la jeune soixantaine, pantalon serré et bottines vernies, est montée deux stations plus loin. Elle nous observait, son rouge à lèvres fondu dans les ridules autour de ses lèvres, c'est moche de devenir vieux, j'ai pensé en fermant les yeux.

— Il a quel âge, le jeune homme ? elle a fini par demander.

— Quatorze ans, a répondu Arrigo.

— Il a votre regard.

— Oui, il a mes yeux.

Je me suis tourné vers lui, étonné.

— Sa maman doit être très belle.

J'ai détourné la tête. Elle est descendue à la station suivante.

— Arrigo, tu me promets que tu ne me laisseras pas si on trouve pas ma mère ?

Il a laissé passer quelques secondes, son visage s'est crispé, comme s'il avait mal quelque part, et puis ses traits sont redevenus doux.

— T'inquiète pas.

Le train traversait maintenant des étendues de bidonvilles, de maisonnettes penchées, bancales, rafistolées, en brique, en tôle, en tout et n'importe quoi, d'immenses affiches publicitaires plantées sur leurs toits, gros 4x4, Corona, fesses moulées dans des Levi's,

Arrigo regardait au loin, je me suis senti seul, t'inquiète pas, ça voulait dire quoi? Le train est entré dans la grande gare. Toujours la même. Retiro.

— Dépêche-toi, on descend.

Le copain nous attendait en haut du parc Plaza San Martín, près d'un parking. De là, on dominait une partie de la ville. En bas, à gauche, la gare routière, des embouteillages, et, au fond, le *río,* café au lait. Le jour était clair et à l'horizon je pouvais voir une côte se dessiner. Arrigo m'avait expliqué que deux fleuves se jetaient dans l'estuaire. Il avait ajouté: Le delta, si tu préfères. Mais, pour moi, toute cette eau restait la mer, ça me plaisait comme ça. Le type était adossé à une Mercedes. Quand on s'est approchés, un break arrivait, il a fait signe au conducteur, par ici, doucement, vas-y, oui, comme ça, c'est bon, braque encore un peu, stop, en faisant des moulinets avec les bras. Puis, il a refermé la main sur un billet, t'inquiète, j'te le surveille, ton carrosse. Un couple est sorti de la voiture, pressé.

— Ton ami, c'est le propriétaire du parking?

Arrigo a souri.

— Pas vraiment.

— Les gens ne savent pas se garer tout seuls?

— Si, disons qu'il leur facilite les choses en échange de quelques pesos.

Le copain a eu l'air content de voir Arrigo. À moi, il a dit *bonne jour'*, épaules en arrière, fier. Je me suis blotti contre Arrigo, il m'a gratouillé le crâne, personne ne me ferait de mal. L'odeur moisie de sa doudoune m'enveloppait, c'était l'odeur de chez nous.

— Je vous montre la Française ?

On n'a pas bronché.

— Que les choses soient claires, des Françaises, ici, y'en a des tonnes. Mais, celle-là, j'l'ai remarquée dans le quartier. Spéciale. Une grande qui fume souvent devant la porte du resto où elle travaille. Ça pourrait coller à ta description.

— Tu te fous pas de nous ? a soufflé Arrigo en se grattant le menton.

Il ne s'était pas rasé, je ne l'avais jamais vu sortir comme ça. Je le trouvais beau.

— Qu'est-ce qui te fait penser que celle-là pourrait être la mère du petit ?

— J'sais pas. Entre les cours d'immeubles et les avenues où je ramasse des cartons, j'en vois des choses.

— Vous connaissez Gastón ? j'ai lâché, sans réfléchir.

Arrigo s'est tourné vers moi, étonné.

— Gastón ? Non, j'vois pas.

— C'est qui, ce Gastón ? a renchéri Arrigo, les mains plantées dans les poches de sa doudoune.

J'ai haussé les épaules.

— C'est rien, j'ai dit, un peu triste.

— Bon, on va voir cette *señora madre* ?

En s'éloignant du parc où des jacarandas maussades se confondaient avec des palmiers, on s'est engouffrés dans une avenue surplombée d'immeubles anciens.

Façades bien entretenues, réverbères à l'ancienne, vitrines chics. Les passants nous regardaient de travers. Le copain, pantalon de survêtement vert délavé et pulls superposés, baragouinait des mots confus à Arrigo qui fumait maintenant cigarette sur cigarette, du bout des doigts, comme pour dire, allez, c'est la dernière. On a ralenti, mon cœur tambourinait dans ma poitrine. Mon estomac se nouait.

— J'vais jeter un coup d'œil et je reviens, *dale* ?

Je suppliais Arrigo du regard, j'aurais voulu lui dire : Ne me laisse pas. Et qu'on arrête tout. Alors qu'il allait écraser son mégot contre un poteau, le copain a immédiatement tendu la main – une main qui disait : Donne. Il restait encore une ou deux bouffées. J'ai baissé la tête, je fixais le trottoir, on aurait dit du carrelage. Arrigo s'éloignait. Dos au mur, avec son copain, on attendait. Je détestais attendre, ça me faisait peur. Envie de pisser. Le ventre en vrac.

— Essaie de te tenir droit, m'a ordonné le type. Pas la peine de s'faire remarquer.

— Il faut que je pisse.

— C'est pas vrai, bordel ?! Mais quel boulet ! Tu veux pisser où ? T'as vu où on est ? Tu déconnes ou quoi ?

Des crampes me tiraillaient les tripes, j'allais me pisser dessus, et le reste je n'en parle même pas. Du coup, j'ai pris les jambes à mon cou, si ça lâche, au moins, je serai loin, tiens bon, Lucien, je me répétais, ça va aller, tiens jusqu'au parc, je perdais mon souffle, un point de côté me tailladait, tiens bon, je t'en supplie, tu vas y arriver, c'est bien, ça y est, t'y es, tu t'en fous, les regarde pas, des buissons, un arbre, n'importe quoi, trouve un coin planqué, là-bas, au secours, j'en peux plus, à peine le temps de baisser mon froc, une diarrhée terrible, je me vidais. De tout.

En me relevant, transpirant et soulagé, une impression bizarre d'y voir plus clair. J'ai inspiré profondément en regardant passer les nuages, le ciel tirait sur le vert, ça va… ça va aller… j'y retourne. J'ai remonté l'allée du parc, puis l'avenue, Arrigo m'attendait à l'endroit où j'avais laissé son copain, je me suis approché.

— T'as peur ? il m'a demandé.
— Non, j'avais juste envie de pisser.
— Je comprends.

Il a relevé le menton en direction d'une petite place, je lui ai emboîté le pas. Au bout de la rue, on a bifurqué sur la gauche, la brasserie se trouvait sur le même trottoir, face à la fontaine.

— Tu veux que je t'accompagne, Lucio ?

Je voulais dire oui, j'ai fait non de la tête. Il s'est éclipsé. J'essayais de respirer lentement. L'air collait à mon palais, à ma langue, ma bouche s'asséchait. Un type est sorti d'un immeuble, juste devant moi, un balai à la main, moustaches à la turque et bec-de-lièvre. Il m'a barré la route.

— Qu'est-ce que tu fiches là, *negrito* ?
— Je rejoins ma mère au restaurant.

Il a gratouillé le haut de sa moustache en l'effleurant

à peine pour ne pas y mettre de désordre. J'ai passé la langue sur mes lèvres desséchées. Il s'est détourné, a plongé son balai dans l'eau du caniveau. La devanture du restaurant empiétait sur le trottoir, à l'intérieur, d'épais rideaux, grenat. J'ai accéléré le pas, je suis passé une première fois devant pour voir, c'était très chic, tables espacées, lustres clinquants et tout le tralala. Je ne pourrais certainement pas entrer comme ça, il fallait que je ruse. Pour éviter de me faire remarquer et gagner un peu de temps, j'ai fait le tour du pâté de maisons, un tour qui n'en finissait pas, mais qui m'a calmé. J'approchais à nouveau de la brasserie, le gardien d'immeuble avait disparu. Une odeur fugace de printemps m'a saisi. Un parfum de terre et d'herbe mouillée. J'ai pensé aux petits matins printaniers dans la cour de notre immeuble à Paris quand le jour venait de se lever à peine et que cette joie-là effaçait mon angoisse. Ma mère n'était pas rentrée. Mais j'étais vivant et tout pouvait encore changer. Vas-y maintenant, va voir si c'est elle, ça suffit comme ça. J'ai retenu mon souffle. Trois clients sont sortis de la brasserie en discutant, grosses montres dorées, voix fortes, trop fortes, l'un d'eux tenait la porte ouverte, vas-y, fonce, t'es invisible, faufile-toi. Gagné !

33

D'épais rideaux m'enveloppaient, des masses de velours, étouffantes. Je crevais de chaud. Surtout ne pas bouger. Dans la salle, les voix se mêlaient aux tintements de couverts, d'assiettes, aux grincements de pieds de chaises sur le parquet, ça sentait la sauce au vin, le caramel, mon ventre a gargouillé. Un homme, tout près de moi, devait sans doute téléphoner, il voulait acheter une voiture neuve, leur en foutre plein la gueule, Gaetano, tu imagines, c'est moi qui ai décroché le contrat cette fois-ci, puis un long silence et bon, c'est pas tout ça, faut que j'y aille, *nos vemos, chaú*. Je manquais d'air. Si j'écartais les rideaux, je risquais d'être vu. Des femmes gloussaient. Prendre mon mal en patience. Attendre le bon moment. Respirer très lentement et oublier que j'étais là. Quand tous les clients seraient partis, alors, je pourrais jeter un œil. D'ici là, rester immobile, penser à autre chose, dormir debout.

Le restaurant s'est vidé d'un coup. Les sons avaient changé, plus une voix. La vaisselle vibrait, les verres s'entrechoquaient, les tables crissaient. J'avais une terrible envie d'éternuer. Des pas saccadés se sont approchés des rideaux. Des pas indécis. Talons aiguilles. Une nappe que l'on secoue. Un soupir. Une femme fatiguée. Je dégoulinais de sueur. Odeur puissante de chien mouillé. Fétide. Je puais la peur. Un homme a crié du fond de la salle, tu t'bouges ou quoi ? avec un accent slave. Mon cœur affolé, un roulement de tambour. La femme s'est mise à chanter, *quand... il me prend dans ses bras, il me parle tout bas*, sa voix tremblait au milieu des couverts posés maladroitement sur les tables, *je vois la vie en rose*[1]..., des objets cognaient, une table roulante couinait, la voix s'interrompait, reprenait, vacillait, murmurait, tanguait, elle se perdait. Derrière mes paupières fermées, mes yeux suivaient des ombres, des poussières de lumière. Une force me retenait encore. Envie de savoir. De ne pas savoir. Lourds, si lourds, j'ai écarté enfin les rideaux, je me suis dégagé de là et je suis sorti de ma cachette. De dos, ma mère, escarpins verts, jupe noire moulante, chemisier rose poudré, chignon impeccable, une mèche rebelle, imperceptible, dans le cou.

— Mais qu'est-ce que c'est que ce bordel ? Fous-moi le camp d'ici !

Derrière le comptoir en zinc, le patron du restaurant, cheveux blonds et catogan, me pointait du doigt.

---

1. © « La Vie en rose », Édith Piaf / Louiguy © 1946 by Éditions Beuscher Arpège, droits réservés.

Penchée, talons branlants, ma mère continuait d'aligner les couverts sur un plateau, ses ongles faits, longs, carmin. L'homme allait se jeter sur moi.

— Maman ! C'est moi !

Dans ma tête, tout se remettait en place, en ordre, instantanément. Ma mère, toujours sans se retourner, s'est approchée de lui, a posé une pile de serviettes sur le bord de la table, trop près du bord, la pile est tombée, oh, mon amour, je suis si désolée. D'un mouvement leste, l'homme a saisi son poignet, brutal, l'empêchant de se baisser pour tout ramasser, il me fixait, il me transperçait du regard, lui, le plombier de notre rue, lui, le salaud, lui, le canapé-lit du salon qui grinçait et les coups dans le mur pendant que moi je ne pouvais pas dormir, lui, la vodka et les coups sur ma mère quand le jour se levait sur Paris, lui, Anton, son amoureux polonais.

— Maman !
— Plus personne ne bouge !
— Maman !

Comme au ralenti, elle s'est retournée, la tête légèrement inclinée, une tête trop lourde, pénible, impossible à redresser. Elle m'a regardé d'abord avec terreur, puis avec une tristesse déchirante, à la limite du dégoût.

— Lucien… Lu…
— Maman !

J'ai tendu les bras, Anton ne bronchait pas, je me suis laissé glisser contre elle, mon visage plongé dans son corsage en mousseline, une douceur infinie, j'entourais sa taille en la serrant mais pas trop, impossible de pleurer, c'était bien elle, elle sentait les arbres, comme toujours, je me suis redressé, mon front touchait son menton, j'avais autant grandi ? J'ai reculé d'un pas, je l'avais retrouvée, ses bras pendaient le long de son corps, je l'embrassais du regard, elle, ma mère, froide comme à son habitude, les traits du visage inexpressifs, elle.

— Comment as-tu fait ? Lucien… Pourquoi ?

Elle semblait presque irréelle.

— Maman… je…

Impossible de trouver les mots, quelque chose ne tournait pas rond, j'avais l'impression que nous nous étions perdus la veille, qu'elle m'en voulait. Que je la dérangeais.

— Maman, j'ai eu tellement peur. Je t'ai cherchée partout.

Elle m'observait, indifférente.

— Tu m'en veux, maman ? Pardon, maman, j'aurais dû faire attention. J'ai pas compris ce qui s'est passé. Je te promets que ça ne se reproduira plus. Je ne te causerai plus de souci, je te promets, maman.

— Mais Lucien… C'est impossible !

Que se passait-il ? Elle était là, devant moi, enfin, et quelque chose clochait, comme si la terre s'inclinait, à pic, à m'en faire perdre la tête.

— Lucien, je t'en prie, laisse-moi.

Je me suis mis à pleurer. Pourquoi, maman ? Pourquoi tu me fais ça ? T'as pas le droit ! Une fraction de seconde, j'ai cru qu'elle allait céder. Me prendre dans ses bras, contre elle, revenir sur ses mots, m'attraper par la main et partir avec moi. Ses lèvres tremblaient.

— Regarde-moi. Regarde-toi. Lucien... C'est comme ça. Depuis le début.

Je ne comprenais rien. Le timbre de sa voix était blanc. Détaché. Anton se tenait derrière elle, accoudé au bar. Sur le qui-vive.

— Je ne peux rien y faire, Lucien. Tout est emmêlé. Sale. Confus. Tu n'aurais pas dû. Tu crois que ça va, mais non. Ça ne va pas, ça ne peut pas aller, ça ne peut pas se passer comme ça. C'est raté. Depuis toujours. Tu comprends ? Tu m'écoutes, Lucien ? Il faut que tu m'écoutes.

Elle se frottait l'œil droit, nerveusement.

— Ton père est parti le jour de ta naissance. Mais ta naissance, Lucien, je n'en voulais pas. Je ne savais même pas que tu étais en moi. Mon ventre était plat. Comme d'habitude. Plat comme un désert. Sauf que toi, Lucien, tu as poussé debout. Debout ! Sans remuer. En douce. Sans faire de vagues. Alors, évidemment, je n'ai rien senti. Parce que moi... Moi, Lucien... Je n'aurais pas, je n'aurais jamais, je ne peux pas. Pas être obligée, pas de ça. Fichez-moi la paix. Partez. Toi, eux, tous. Laissez-moi tranquille. Allez-vous-en.

Le noir de son rimmel avait barbouillé le contour de son œil. On aurait dit un hématome. Un cerne immense. Sa tête penchait dangereusement.

— Ce jour-là, aux urgences, ton père m'a insultée, ton père si doux, jamais un mot plus haut que l'autre, nous nous aimions tant, il disait que je lui avais fait un enfant dans le dos, que je l'avais trahi, il m'a traitée d'hypocrite, d'ordure, alors que je n'avais rien fait de mal. Ce n'était pas de ma faute. Et il est parti. Il m'a abandonnée. Je ne peux pas. Je t'en prie, va-t'en.

Le monde s'arrêtait de tourner. Je ne sentais plus rien. J'aurais voulu éclater. Disparaître. J'étais de trop. Mourir. La taper. M'arracher les cheveux. Me rouler par terre. Tout casser. Me serrer contre elle. De toutes mes forces. L'aimer, l'adorer, la détester. Mais tout ça n'aurait servi à rien. Je le savais. Elle a inspiré, lentement, longuement, son front était en sueur, une mèche de cheveux s'était détachée de son chignon.

— Pourquoi, Lucien ? Pourquoi t'es-tu accroché ? Tu m'as vue ? Tu m'as regardée ? Regarde-moi, Lucien !

Elle hurlait. Une folle. Horrible. Ce n'était pas elle. Si. C'était bien elle. J'avais mal. Ses mots tapaient sur moi, me déglinguaient, me dégoûtaient, je la haïssais, folle, ma mère était folle.

— Je m'en fous de tout ce que tu dis ! Pourquoi tu ne veux pas de moi ? Pourquoi toi aussi tu m'abandonnes ? Mon père a toujours été mort pour moi. Je ne sais même pas qui c'est. Je n'ai que toi.

J'ai fermé les yeux. J'ai essayé de me souvenir d'elle dans le chaud de chez nous à Paris, assise à son bureau en train de taper sur le clavier de son ordinateur, mais la chaise était vide, la lumière était éteinte, tout était sombre et minuscule. Alors, j'ai essayé d'imaginer mon père, il devait être noir, ou alors mélangé, à l'école on m'appelait le Métèque, un drôle de mot. Pour moi, c'était comme si on me disait le Breton ou le Japonais. Je pensais que la Météquie était un pays, un pays lointain où j'irais un jour. Peut-être. Mais rien. Impossible d'imaginer quoi que ce soit. Mon père n'existait pas. J'ai ouvert les yeux.

— Ne me cherche plus. Ce n'est pas à toi de me retrouver. Une vraie mère, ça cherche son enfant toute une vie, toute une mort. Tu sais ça. Je sais que tu le sais. Tu n'as pas poussé au bon endroit. Mais tu as résisté, Lucien. Tu as du sang dans les veines. Alors, aide-moi, va-t'en. Porte-toi bonheur. Et attrape ta vie.

Elle avait redressé un peu la tête et regardait un bouquet de chardons posé sur le comptoir. C'était fini. Je savais que c'était fini. J'aurais voulu lui dire maman, garde-moi, je serai sage, je ne dirai rien, je te promets d'être invisible, je veux rester avec toi, je la suppliais encore une fois, mais elle regardait maintenant loin derrière moi, vers la rue, Anton avait ouvert la porte en grand, un parfum d'orange amère s'engouffrait dans le restaurant, des oiseaux pépiaient joyeusement, l'air était doux. File maintenant. Ce sont ses derniers mots.

34

En perdant la tête, je me suis perdu. J'ai erré, sans dormir, jusqu'à ce que je tombe de fatigue sous un pont où ça n'arrêtait pas, d'aller, de venir. Des filles, dures comme des mecs, des paumées, maigres à faire peur, des types qui me disaient quelques mots, gentils, d'autres défoncés, les yeux embués. Tous venaient chercher du shit, de la coke, ou simplement se poser, quelques heures, quelques jours. Sur l'échangeur, au-dessus de nos têtes, le trafic ne décélérait pas. Je restais vautré dans la crasse, comme un crevard, sur un matelas tellement dégueulasse que ça n'avait plus d'importance. Au début, les gars avaient eu peur, qu'est-ce que tu viens foutre là ? Dégage, propriété privée, c'est pas pour les mômes ici, tu vas nous attirer des emmerdes. Jusqu'à ce qu'il y en ait un qui dise, allez, foutez-lui la paix, voyez bien qu'il est naze, le *negrito*. Il m'avait balancé un matelas dans un coin de leur gourbi, un amas de tôles, de cartons et de balais juxtaposés. Ils avaient laissé faire, au pire, on s'débarrassera de lui dans le *río*, ni vu ni connu. Pendant qu'ils magouillaient, fumaient, gerbaient, je somnolais. Pendant qu'ils roulaient leurs joints, remettaient en état leurs pipes en papier d'alu, je grignotais les restes de sandwichs infects qu'ils laissaient traîner par terre, juste avant les rats. Entre deux eaux, j'espérais. J'espérais que je finirais par mourir.

Et puis, une nuit, j'ai rêvé de la jardinerie. Arrigo me souriait. Le grillage avait laissé la place à une palissade en bois. À l'intérieur, de nouvelles espèces d'arbustes, des arbres fruitiers, des fleurs, dorées, rouges, de toutes les couleurs, des capucines, des fraisiers, des citrouilles, du mimosa et des piments. La jardinerie s'était métamorphosée, comme si elle s'étirait après un long sommeil. Je suis rentré.

35

À Paris, personne ne m'attendait. Ma mère, même si elle était là, dans notre petit appartement, ne m'attendait pas, le grincement de ma clé dans la serrure, le claquement de la porte, le brûlé de mes tartines pour le goûter, rien de moi ne la faisait réagir, elle attendait autre chose. Ou rien du tout.

Lorsque j'ai poussé la grille de la jardinerie, Arrigo était dans l'allée, il a levé la tête, a poussé un soupir de soulagement en lâchant son râteau, s'est précipité vers moi, m'a serré contre lui, la main enfoncée dans mes cheveux, comme un oiseau qui retrouve son nid. Et moi, dans ses bras, je savais.

Je savais que je construirais une palissade en bois autour de notre jardin. Bientôt, je ferais pousser de nouvelles variétés de plantes. Un jour, je prendrais la relève. Je savais aussi que c'était fini. Que je n'aurais plus à la chercher. Ma vie était là. Juste là. Malgré des serres invisibles agrippées à mon ventre. Et les tourments qui m'assaillaient au petit matin. Des tourments pleins d'amour, de haine, de questionnements, que je chassais à coups d'arrosage, de binage, de rempotage, d'écimage et de *Summertime*, à tue-tête, sur le lecteur de CD qu'Adela nous avait donné. Arrigo mettait le son à fond jusqu'à ce que l'on soit en nage tous les deux sous le soleil austral, la voix de Janis Joplin m'apaisait, me titillait l'envie de vivre, quelque chose de nouveau grandissait en moi.

Adela passait régulièrement boire un maté avec nous, trois après-midi par semaine elle m'attendait chez elle, c'était convenu avec Arrigo, ils ne m'avaient pas vraiment laissé le choix. Nous nous installions elle et moi autour de la table en verre de sa salle à manger, nous lisions, écrivions, apprenions ensemble, toujours ensemble, qu'en penses-tu, Lucio ? Aimes-tu *alors* ? À défaut d'aller à l'école, je me nourrissais de tout ce qu'elle me donnait à voir et à entendre, le monde s'offrait à moi, et quand ça ne va pas, ouvre en grand la fenêtre, me disait-elle. Et regarde.

Le jour où elle m'a annoncé que sa demande d'adoption avait été déposée auprès du tribunal et que le processus, même s'il allait être long et tortueux, était lancé, elle m'a offert un carnet de feuilles épaisses et des pastels. Elle ne m'a jamais dit si elle avait rencontré ma mère. Ça, c'était son secret. Sur son interphone, elle avait fait ajouter mon prénom à côté du sien. Juste avant son nom, Koller.

— Dessine, Lucio, chaque jour dessine, n'importe quoi, n'importe comment, *maintenant*.

Des taches de couleur d'abord, des ombres, des silhouettes, des blancs, et puis une mangue, une branche, une chaise. D'une distraction, c'était devenu une nécessité. Vitale. Au lever du jour, en fin d'après-midi, le soir aussi. Mon énergie enflait, je dormais peu, la jardinerie battait son plein, des vagues d'idées me submergeaient, j'adorais boire une Quilmes avec Arrigo au coucher du soleil sur notre terrasse, puis marcher dans les rues, la nuit. Parfois, j'allais coucher chez Adela. J'étais libre. Malgré le protocole de la garde provisoire qui lui avait été accordée. Malgré quelques contraintes. Plus tard, elle m'a acheté des toiles, des pinceaux, des gouaches. Et Arrigo m'a fabriqué un banc en bois, avec une planche et quatre pieds. Mais je dessinais et je peignais debout, comme pour m'occuper des plantes. Toujours debout.

36

Une fois encore, j'y suis retourné. Une dernière fois.

C'était un mardi. Ce matin-là, j'avais peint mon premier visage, comme ça, sans réfléchir, sans savoir, *cuando yo te vuelva a ver, no habrá más penas ni olvido*[1], Radio Mitre diffusait un spécial Gardel. Quand j'ai posé mon pastel, le visage me fixait de son regard glacial. J'avais reproduit les traits de ma mère. Tristes et fuyants. Comme toujours.

Alors, j'y suis allé. J'ai pris le train, j'ai marché, je me suis approché et j'ai essayé de l'apercevoir dans la brasserie en me plaçant de l'autre côté de la rue. Immobile. À l'intérieur, les premiers clients disparaissaient derrière de grands menus en cuir. Anton notait une commande et envoyait voler une mèche dorée d'un mouvement brusque de la tête. Au fond, un serveur en

---

[1]. «Lorsque je te reverrai, il n'y aura plus ni peines ni oubli», chanson *Mi Buenos Aires querido*: paroles de Alfredo Le Pera, musique de Carlos Gardel, 1934.

chemise rouge allait et venait de la cuisine au comptoir, nonchalamment. Mais elle, n'apparaissait pas, ne venait pas. Soudain, une bourrasque a soulevé les stores, je me suis appuyé à la façade d'un immeuble, le soleil a surgi entre les nuages et je l'ai vue. Ralentie, silencieuse.

Pas une fois elle n'a tourné les yeux vers moi.

J'ai pensé à Adela. Et à Arrigo. Il devait m'attendre sous la véranda. Près de l'estuaire. Alors, j'ai compris. Que je ne saurais jamais. Que c'était comme ça. Et que ça irait. En la perdant, je m'étais trouvé. Plus besoin de petite boîte pour soulager ma peine. J'avais découvert quelque chose de bien plus fort au fond de moi.

J'ai repris le chemin de la jardinerie et je me suis arrêté près du *Río de la Plata*. Un cargo se dessinait à l'horizon. De l'autre côté des flots, délavés par la pluie, salis, une autre terre, un autre monde. Je tentais de ralentir le martèlement de mon cœur. Je perdais l'équilibre.

Sur un terrain de foot, des enfants criaient. Le grillage pendouillait sur le sol. Dans mon dos, des motards accéléraient, freinaient, dérapaient. Malgré le brouhaha, je distinguais le chant d'un oiseau. Un chant éraillé. Une barque s'est approchée, a accosté le ponton. Le marin a balancé un gilet de sauvetage sur la terre ferme en tripatouillant le moteur relevé qui gouttait au-dessus de l'eau. Relents de poisson, parfum de racines. L'eau sombre léchait les herbes, mes pieds s'enfonçaient, s'ancraient doucement dans la boue, grasse, collante, la boue du fleuve-mer.

Arrête de rêvasser, tout ça ne sert à rien. J'entendais encore sa voix. Limpide. Dure. Elle s'était accroupie près de moi, j'étais assis en tailleur, je regardais par la fenêtre de chez nous, à Paris. Le passé, c'est fini, tu m'entends, le passé n'existe pas. C'était la veille de notre départ. Nos deux valises étaient prêtes. Dans l'entrée.

En remontant sur la berge, j'ai fouillé dans mes poches. Le petit drapeau argentin, ma capsule porte-bonheur. J'ai agrippé ma gomme, je l'ai brandie au-dessus de moi. Et puis, j'ai tout effacé.

REMERCIEMENTS

Je remercie Violeta Parra et Mercedes Sosa qui ont donné vie à l'une des plus belles chansons du répertoire latino-américain, *Gracias a la vida*, « Merci à la vie ».

Je remercie également mon éditrice Alexandrine Duhin et mon agent littéraire Laure Pécher sans qui ce livre n'existerait pas.

Je remercie enfin Valérie Lemoine et Junie Terrier pour leur lecture attentive du manuscrit et leurs remarques judicieuses, Alaa El Aswany et Hedi Kaddour pour leurs conseils littéraires, Gabriel Faye et Nicole Renaux pour leur soutien immodéré, Alain Bochet, Thierry Froissant et Vania Torres-Lacaze pour leur aide précieuse, Pierre Kalfon, Diana Marmora-Couto et Luis María Sobron pour leurs observations, Juliette Démoutiez pour ses corrections, Isabelle Bailly, Bernard Faye, toute ma famille et tous mes amis sans exception. Sans oublier chaque rencontre, chaque instant, de part et d'autre de l'Atlantique.

Composition réalisée par SOFT OFFICE

Achevé d'imprimer en novembre 2018, en France sur Presse Offset par
Maury Imprimeur – 45330 Malesherbes
N° d'imprimeur : 231780
Dépôt légal 1re publication : février 2019
LIBRAIRIE GÉNÉRALE FRANÇAISE – 21, rue du Montparnasse – 75298 Paris Cedex 06

27/6065/2